BUR
rizzoli

Humphrey Slater

Il cospiratore

postfazione di Goffredo Fofi

traduzione di Elena Cantoni

BUR rizzoli

SCRITTORI CONTEMPORANEI

This translation has been published by arrangement with
Círculo de Lectores, S.A., Barcelona (Spain)

ISBN 978-88-17-04424-0

Titolo originale dell'opera:
The Conspirator

Prima edizione BUR Scrittori Contemporanei ottobre 2010

1

Il maggiore Desmond Ferneaux-Lightfoot del corpo dei Granatieri conobbe Harriet Frodsham qualche settimana dopo la fine della guerra. Quell'inverno la vide spesso, e negli ultimi tempi aveva ripetuto in più di un'occasione quanto gli sarebbe piaciuto sposarsi.

Harriet aveva trovato molto lusinghiero che lui la invitasse con tanta assiduità a teatro e nei locali, e quegli accenni al matrimonio le davano il batticuore; ma al tempo stesso la esasperava la cautela con cui lui evitava di dire esplicitamente chi fosse la prescelta.

Quel comportamento evasivo la lasciava perplessa, perché sembrava in contraddizione con ogni altro aspetto del suo carattere, così deciso e pragmatico. Niente gli impediva di sposare seduta stante chi gli pareva; aveva trentun anni, era ricco e di una bellezza fuori dal comune. Al principio dell'estate Harriet si era convinta che la spiegazione più plausibile di quella curiosa titubanza fosse che probabilmente la considerava troppo giovane, e aveva cominciato a rassegnarsi al fatto che sarebbe stato a dir poco puerile pensare che un uomo così adulto, responsabile e posato la giudicasse una moglie adeguata.

Aveva ormai deciso che, per quanto Desmond fosse irresistibile sotto molti punti di vista, con quell'indefettibile compostezza proprio non faceva al caso suo, quando, una mattina ai primi di giugno, lui la sbalordì telefonandole dalla campagna e dichiarando in un tono concitato, quasi isterico, che non ce la faceva più a starle lontano. Soggiornava con una parente anziana e sei giovani cugini, e aveva confidato alla zia di avere scovato in Inghilterra la più adorabile delle ragazze e che intendeva convincerla a sposarlo. Zia Jessica ne era stata felice, disse, come se fosse stata lei stessa a ricevere una proposta di matrimonio, e gli aveva suggerito di invitare la ragazza subito nel Galles, per il fine settimana. Poteva prendere il rapido fino a Ruabon, dove sarebbe andato a prenderla in auto.

Harriet era determinata a comportarsi in modo composto e maturo e, concedendosi una pausa di un secondo mentre si mordeva il labbro superiore fino a farsi male, riuscì ad assumere un tono sofisticato di falsa ingenuità.

«Intendi chiedere la sua mano?» domandò.

«Aspetta e vedrai» rispose lui.

«Non posso venire» disse Harriet.

«Perché no?»

«La tintoria consegna dopodomani. Non ho niente da mettermi.»

Dopo un tira e molla di sei minuti, fu deciso che Harriet sarebbe partita quella sera stessa.

Lei agganciò il ricevitore e, tendendo le braccia, si mise in posa come una ballerina in terza posizione: mosse qualche passo di danza intorno al divano, ma le parve che i suoi movimenti mancassero di precisione, così tornò indietro e ricominciò da capo, partendo dallo stesso punto accanto al telefono. Una piroetta, un *jeté*, un altro giro su se stessa, esattamente come le era stato insegnato; poi si precipitò di sopra in camera di sua madre, a frugare nel comò in cerca di qualche abito da farsi prestare.

Al suo appuntamento con Lightfoot, la mattina dopo, pioveva a dirotto. La stazione era tranquilla e un piccolo facchino le portò la nuova valigia in pelle di cinghiale dal treno alla macchina. Dopo aver oltrepassato qualche casa, la strada si snodava in una profonda valle verdeggiante fino a Bala.

Il lago le parve insignificante, grigio-ferro, piatto e circondato da un boschetto troppo spoglio, e Harriet si domandò se le appariva banale soltanto perché non ne aveva mai sentito parlare. Forse anche Ullswater non era poi tanto diverso, ma dato che tutti cantavano le lodi della regione dei laghi del Cumberland lei ci aveva visto una bellezza che in realtà non c'era affatto. Certo, pensò, Bala le avrebbe fatto una migliore impressione se avesse potuto fermarsi a guardarla, invece che sbirciarla dal parabrezza rigato di pioggia mentre Lightfoot procedeva indiavolato a oltre ottanta chilometri orari.

«Mi sarebbe piaciuto dare un'occhiata al lago» disse, d'un tratto.

Lightfoot rispose che la strada era ancora lunga, bisognava sbrigarsi se volevano arrivare prima di colazione, e si augurò che non fosse stanca perché in casa c'erano sei bambini di tutte le età ai quali era stata promessa una gita con pic-nic.

«Se continua a piovere bisognerà rimandare» disse lei.

«Nemmeno per sogno» disse lui. «Non li conosci, quelli: farebbero scoppiare la rivoluzione.»

«Si beccheranno una polmonite.»

Lui disse che non c'erano alternative, perché gli avevano fatto giurare sul suo onore che la gita ci sarebbe stata, pioggia o non pioggia. E comunque, aggiunse, anche se non lo avesse giurato, non avrebbe sopportato di deluderli. La gente dimentica con quanta trepidazione e con quale impeto si desiderino le cose da bambini.

Harriet si dichiarò d'accordo, solo rimpianse di non aver messo in valigia qualche abito più vecchio, soprattutto considerato che Lightfoot indossava un paio di pantaloni di flanella grigio fango e una logora giacca di tweed con toppe di pelle unta sui gomiti.

Lo guardò di profilo e provò una fitta leggera di apprensione vedendolo con il mento proteso e l'espressione irrigidita mentre cambiava le marce, con un certo anticipo rispetto alla norma, inerpicandosi per le colline scoscese: pareva andare più veloce in salita che in piano e prendeva un'aria di trionfo quando la frizione non grattava e l'auto accelerava senza scosse.

Sembrava completamente concentrato sulla guida e indifferente alla sua presenza, e lei si sentì trascurata e si domandò quando si sarebbe deciso a chiederla in moglie: concluse tra sé e sé che non avrebbe potuto farlo alla stazione, sotto la pioggia, mentre lei, impacciata dai guanti, armeggiava con il biglietto cercando di strappare la matrice per il ritorno. Alla macchina, naturalmente, era stato indaffarato a caricare la valigia, dopodiché c'erano state le salite e le marce.

Pensò che, arrivati a casa, le avrebbero mostrato la sua stanza, lei si sarebbe data una rinfrescata e poi sarebbe scesa a fare colazione con la famiglia. Di sicuro lui non sarebbe andato a parlarle mentre faceva il bagno, quindi probabilmente non ci sarebbero state altre opportunità finché non avessero cominciato a organizzare il pic-nic. Forse avrebbe fatto in modo di trovarsi da solo con lei nella sala d'armi, o in qualsiasi altro posto sarebbero andati a farcire i panini e riempire gli zaini. Pensò a quant'erano eccitanti le sue mani abbronzate sul volante: aveva le unghie ben curate ma piuttosto grandi, e pur senza rendersene conto lei non aveva ancora deciso se trovarle attraenti o ripugnanti.

Lightfoot guidò a tutta velocità sulla strada sconnessa della brughiera. Per una decina di chilometri non superarono né case né staccionate, e sotto la pioggia i piccoli rilievi irregolari apparivano grigio scuro e color carbone. Non incrociarono altre macchine; lungo il paesaggio erano sparpagliate pecore sudice e macilenti tori neri. A Harriet il luogo sembrò remoto e romantico: pensò che, se fosse stata un uomo, lo avrebbe giudicato ideale per una proposta di matrimonio. Avrebbe fermato la macchina per scendere a godersi la pioggia e quella solitudine selvaggia.

Lightfoot procedeva ostinato, con lo sguardo fisso sull'asfalto davanti a sé per evitare le pecore che si avventuravano sulla strada. Passò un'eternità prima che avvistassero il cottage, in fondo a una via sbarrata da un cancello. Quando ci si fermarono davanti, un vecchio si avvicinò al finestrino e disse che il passaggio costava sei penny; all'andata, quella mattina, il signore si era dimenticato di pagare. In tono abbastanza divertito, Lightfood disse al vecchio che pretendere un pedaggio era reato: lo informò che i gabelli erano aboliti per legge in tutta l'Inghilterra fin dal diciannovesimo secolo, e che si sentiva in dovere di protestare, per principio.

«Lei rischia il carcere, o quantomeno una multa, chiedendo denaro» sorrise Lightfoot.

Il vecchio si spaventò, si precipitò a passo malfermo al chiavistello e aprì il cancello, ma solo il minimo indispensabile per far passare la macchina. Harriet si girò sul sedile e lo vide impalato a guardare l'auto che si allontanava, con uno sguardo pieno d'angoscia, come se temesse che andassero di filato alla polizia.

Quel tratto pomposo del carattere di Lightfoot la irritava, e per un istante cominciò a dubitare di essere davvero innamorata di lui. Si voltò e gli disse: «Avresti dovuto dargli i sei penny».

Lightfoot, euforico per il viaggio in auto, si era pavoneggiato apposta per colpire Harriet, e la reazione di lei lo colse alla sprovvista. Si scusò per averla messa a disagio; poi le spiegò di nuovo e nel dettaglio che le strade nazionali erano gratuite, e la richiesta di pagamento di quell'uomo assolutamente illegale. Anzi, puntualizzò, loro stessi sarebbero stati passibili di denuncia se avessero ceduto.

«Secondo te dovrebbe starsene sotto la pioggia e aprirti il cancello in cambio di niente?» disse Harriet in tono ostile. «Ti ha risparmiato il fastidio di scendere dalla macchina e arrangiarti da solo, meritava almeno una mancia.»

Lightfoot continuò a guidare con aria pensosa, poi rallentò e accostò su un declivio erboso. Accese una sigaretta e ammise che aveva ragione lei: non avrebbe dovuto permettere a quell'uomo di lavorare per lui senza ricompensa. Proprio così, se non voleva pagare, avrebbe dovuto scendere e aprirsi da solo il cancello.

A Harriet parve che il discorsetto fosse un po' forzato, e lui le sembrò irritato quando fece inversione e accelerò sulla salita per tornare al cancello. Rimasero zitti, e Harriet non trovò affatto conciliante l'ostentazione con la quale lui scese dall'auto, fece le sue scuse al vecchio e gli consegnò una banconota da una sterlina. Quando ripartirono si girò di nuovo a guardare il volto dell'uomo rimasto a fissarli e si vergognò di se stessa, perché vedendogli un'espressione ancora più terrorizzata della prima volta, le venne quasi da ridere.

La zia di Lightfoot abitava in una casa di pietra, di un grigio talmente scuro da sembrare nero, vecchia di due secoli. Circondata dalle cupe montagne del Galles, si affacciava su una valle incolta, salvo per qualche appezzamento sporadico. Ai due lati del viale d'accesso l'erba terminava bruscamente e la ghiaia era rastrellata alla perfezione: il giardino era ampio, alla francese e ben curato. Simile a un tappeto battuto di fresco, un prato verde brillante si allungava fino alla piscina da un lato della casa, e a un alto muro di cinta costeggiato da peschi dall'altro. Non appena la macchina si fermò, una bambina si sporse da una finestra all'ultimo piano e si sbracciò per qualche secondo prima che un braccio grassoccio e arrossato le circondasse il collo, la tirasse dentro e richiudesse con forza il vetro.

Un giovane domestico in livrea blu prese la valigia di Harriet. In un melodioso accento gallese chiese alla signorina Frodsham il permesso di farle strada alla sua stanza, e lei lasciò Lightfoot fermo ai piedi dell'ampia scalinata, a guardarla andare via di spalle con un'espressione un po' patetica, le parve. Tornò a piacerle per quello sguardo desolato, e sul pianerottolo si voltò a fargli un cenno di saluto e un sorriso: sembrava così contrito e dispiaciuto di perderla di vista che gli perdonò l'arroganza insensibile dimostrata al custode del cancello.

Era nella vasca quando sentì risuonare in sala il gong della colazione. Si affrettò ad asciugarsi e vestirsi, indossando l'abito più vecchio messo in valigia, e scese senza perdere tempo a truccarsi o darsi lo smalto sulle unghie.

La zia di Lightfoot, Jessica, stava versando il tè e il latte a sei bambini seduti a un tavolo enorme coperto da una tovaglia di lino bianco. Notò le dita di Harriet e provò sollievo, perché si era aspettata una debuttante viziata che avrebbe fatto il suo ingresso piena di affettazione, con le unghie laccate e un'aria strafottente. La salutò con una stretta di mano, e a turno le presentò i bambini. Con perfetta educazione, ciascuno si dichiarò felice di conoscerla, poi tutti si zittirono, aspettando guardinghi che Harriet facesse o dicesse qualcosa che lasciasse intuire che tipo di persona fosse. Una volta servito il porridge in sette identiche ciotole marroni, zia Jessica domandò a Harriet del viaggio e poi, di punto in bianco, disse: «Sei troppo giovane per sposare Desmond».

«Non ha importanza, visto che non me l'ha chiesto» rispose Harriet, nel tono più sensato che le riuscì di trovare.

«Quanti anni hai?»

«Diciassette.»

«Compiuti quando?»

«Da qualche mese.»

«Quanti, esattamente?»

«Due.»

«Desmond ti piace?»

«Per alcune cose, sì.»

Becky, la maggiore dei bambini, alzò su di lei uno sguardo serio e disse: «Allora non ti piace».

Zia Jessica guardò Harriet dall'alto in basso.

«Incoraggerò la vostra relazione» disse.

Harriet ingollò tre cucchiaiate di quel delizioso porridge e zia Jessica, d'impulso, buttò là: «La madre di Desmond era più giovane di te quando si è sposata. Non è stato un successo».

«Allora ci si sposava presto» disse Harriet.

«Certo. Ma il marito aveva venticinque anni più di lei, il che forse spiega perché il matrimonio sia finito male.»

«Cos'è accaduto?»

«Non intendo affatto discutere di questo argomento» disse zia Jessica.

Harriet finì il suo porridge e poi aiutò a distribuire piatti di pancetta e pomodori ai bambini. Fu felice dell'arrivo di Desmond, perché quella conversazione le era costata più di quanto avesse dato a vedere.

In stazione Lightfoot aveva comprato una rassegna completa dei quotidiani del mattino. Allungò alla zia il «Telegraph», il «News Chronicle» a Harriet, e lasciò il resto ai bambini più grandi, tenendo il «Times» per sé. Sprofondarono tutti nella lettura allungando i piatti solo per chiedere il bis, e presto i bambini iniziarono a bisbigliare e gradatamente alzarono le voci, ciarlando e bisticciando senza imbarazzo a proposito del pic-nic.

Becky aveva tredici anni, i capelli scuri e gli occhi blu; parlava in tono sommesso e senza condiscendenza, e sembrava meno consapevole del proprio ruolo di sorella maggiore rispetto ad Adrian, che di anni ne aveva dodici ed era prefetto nella scuola che frequentava in preparazione di Eton. Annabel, di dieci, aveva i capelli chiari, era alta e socievole, e Cooty, della sua stessa età, era più bassa ma ancora più spigliata. John, un bambino di nove anni dall'aria robusta, parlava di rado, e Nicko, che ne aveva sei, sembrava preoccuparsi soprattutto di tenere il passo con gli altri e non restare escluso.

Si interrogarono animatamente sul luogo dove si sarebbe tenuto il pic-nic, esprimendo ciascuno un parere diverso ma irremovibile: a nessuno sembrò venire in mente di chiedere a Lightfoot, pur sapendo che aveva già deciso, ma nell'argomentare, i più dogmatici gli lanciavano occhiate in tralice, come per coglierlo in fallo.

Con aria solenne Desmond annunciò che gli ordini di

destinazione restavano TOP SECRET; la truppa si sarebbe messa in marcia tra un'ora esatta e per la prima parte del viaggio sarebbe stato disponibile un mezzo di trasporto; tutti, a prescindere dai gradi militari e dal tempo, avrebbero indossato impermeabili.

«Scommetto che si va al vecchio estuario, come al solito» commentò Adrian.

«Impossibile» disse Cooty. «Non ha parlato di costumi da bagno.»

«A volte abbiamo fatto anche senza» disse Annabel.

«Non ha detto una parola sui teli da bagno» ribattè Adrian. «Almeno quelli bisogna portarli per forza.»

Desmond domandò a zia Jessica un parere sul tempo, e lei rispose che probabilmente avrebbe continuato a piovere tutto il giorno. Non sarebbe uscita di casa a nessun costo.

«Perché no?» domandò Cooty.

«Non voglio bagnarmi la parrucca.»

Molti anni prima, in Malesia, zia Jessica aveva contratto il tifo e perso tutti i capelli, che non le erano più ricresciuti. Si disegnava accuratamente le sopracciglia sulla fronte glabra e il vero motivo per cui rifiutava di uscire sotto un acquazzone era che la matita nera tendeva a colare. Fin da principio non si era lasciata abbattere dalla parrucca, facendone un costante motivo di scherzo con i nipoti, ma soffriva ancora di un complesso per le sopracciglia e raramente ammetteva anche solo con se stessa che erano finte.

Desmond non se n'era mai accorto, ma sapeva che sua zia non si dava troppo pensiero della parrucca, e dunque non credette a quella scusa. Fece del suo meglio per convincerla ad accompagnarli. I bambini si unirono all'appello e anche Harriet, ancora troppo bambina lei stessa per apprezzare l'idea di assumersi per l'intera giornata la responsabilità di gestirne altri sei, cercò di farle cambiare idea. Pensando inoltre che in mancanza di un terzo adulto si sarebbero presentate ben poche occasioni di parlare in privato con Desmond, Harriet commise l'imprudenza di insistere troppo a lungo, finché zia Jessica si spazientì e mise fine alla faccenda dicendo, quasi con rabbia: «Smettetela di darmi il tormento, per favore. Non ci vengo, e questo è quanto».

Harriet si sorprese della suscettibilità della zia, ma i bambini non parvero scomporsi e Desmond le rivolse un sorriso rassicurante e le consigliò di cambiarsi d'abito e mettere qualcosa di più vecchio – pareva proprio che avrebbe diluviato tutto il giorno. Harriet fu felice che la gonna e la camicetta gli sembrassero troppo eleganti, e provò un senso di complicità femminile con Becky, sentendole dire: «Meglio non mettere le calze di nylon, le ridurresti a brandelli».

Adrian obiettò che non poteva affermarlo con certezza, visto che nessuno aveva idea di dove fossero diretti: per quanto ne sapevano, potevano finire a sentir inni di chiesa gallesi al municipio di Harlech.

Dopo colazione Lightfoot fu troppo indaffarato in cucina a impacchettare sandwich e infilarli dentro otto zaini svizzeri (di diversa grandezza) per prestare la minima attenzione a Harriet. Lei andò a sedersi in salotto per un minuto e mezzo, poi si alzò di nuovo e salì lentamente in camera sua.

La sua valigia era stata svuotata e il suo impermeabile verde era appeso nell'armadio. Si pentì di non essersi portata un libro: guardò fuori dalla finestra, verso la valle e fino al mare in lontananza.

In fasci diagonali che sembravano disegnati a tavolino,

il sole illuminava qua e là i fianchi di una montagna verde e all'orizzonte, in corrispondenza dell'estuario, il cielo era limpido. La pioggia grigia scrosciava sul giardino inzuppando i rododendri e batteva in rivoli sui vetri. Harriet pensò che forse avrebbe trovato da leggere al piano di sotto, così uscì dalla stanza, si arrampicò sul corrimano e, soprappensiero, scivolò giù in anticamera.

Dalle stanze all'ultimo piano le arrivavano gli schiamazzi dei bambini, ma il resto della casa sembrava tranquillo. Guardò l'orologio, calcolando che allo scoccare dell'ora fissata da Desmond mancava una decina di minuti. Nel salotto tappezzato di chintz erano ammucchiati vecchi numeri di «Punch», così sedette sul tappeto davanti al caminetto spento a leggere le vignette, voltando in fretta le pagine senza che riuscissero a strapparle nemmeno un sorriso.

Le parve trascorso molto tempo prima di sentire movimento in anticamera: per qualche minuto si intestardì ad aspettare che qualcuno notasse la sua assenza e desse il via alle ricerche, ma presto si rese conto che si stava comportando da sciocca, lasciò le riviste sparpagliate dov'erano e salì in camera a prendere l'impermeabile.

Attraversò l'anticamera senza che nessuno dei bambini le rivolgesse la parola. Desmond le sorrise distratto mentre aiutava Becky a mettere in spalla lo zaino; poi, senza farsi notare, salì le scale di corsa, raggiunse Harriet, la prese tra le braccia e le disse che c'era qualcosa di importante di cui voleva parlarle in privato; la accompagnò in camera e chiuse a chiave la porta. La prese per mano e la invitò a sedersi sul letto accanto a lui.

Harriet sedette e gli accarezzò la spalla della giacca di tweed mentre lui le circondava la vita con un braccio e la baciava sul collo. Poi raddrizzò la schiena e disse che non avevano tempo di amoreggiare.

Dalla tasca sfilò una mappa dettagliata e la aprì sul letto. Mostrò a Harriet la strada che avrebbero preso e il sentiero che portava alla fattoria isolata dove avrebbero lasciato le macchine. Indicò i contorni di un bosco su una collinetta, e con la matita tracciò il sentiero tortuoso che Harriet avrebbe seguito insieme ai bambini. Quanto a lui, avrebbe preso una scorciatoia per arrivare prima degli altri in cima alla collina, e al cottage semi-diroccato dov'erano diretti. Da là, avrebbe potuto avvistarli da una distanza di qualche centinaio di metri, e appena pronto avrebbe issato un fazzoletto bianco alla finestra a destra del secondo piano. Harriet doveva stare bene attenta a non lasciare che nessuno dei bambini si avvicinasse troppo prima del segnale convenuto: quando fosse stata sicura di averlo visto, avrebbe schierato le truppe, mettendosi alla testa dell'assalto.

Dapprima Harriet non prestò molta attenzione a quanto Desmond andava dicendo, ma dopo qualche domanda e una volta compreso il suo piano, si trovò, suo malgrado, sempre più emozionata da ciò che aveva escogitato per divertire i bambini. Si sforzò di essere sgarbata, ma le mappe le erano sempre piaciute, e presto l'entusiasmo infantile di Desmond per l'idea che gli era venuta la contagiò, facendola ridere e avanzare suggerimenti, e studiato il percorso criticò Desmond per aver dato per scontato che, a quell'altitudine, la visibilità non si riducesse a una distanza di pochi metri. E se fosse calata la nebbia e lei non fosse riuscita a trovare il cottage? Chi garantiva che sotto la pioggia non finissero tutti dispersi nella brughiera?

Desmond decise che Harriet era esattamente il tipo di persona che gli andava a genio, e che l'avrebbe convinta a sposarlo a tutti i costi. Le disse che in effetti, conoscendo quelle colline come le sue tasche, non aveva pensato che con il maltempo una persona nuova del posto potesse smarrire la strada. Si congratulò con Harriet, in un tono che lei trovò paternalistico, per il notevole buon senso e disse che se era capace di leggere la cartina poteva portarla con sé, e che le avrebbe prestato anche la sua bussola goniometrica dell'esercito. Si alzò per andarla a prendere in camera sua, ma prima che aprisse la porta qualcuno bussò forte dall'altra parte.

Desmond girò la chiave e zia Jessica entrò nella stanza con un'espressione arcigna. Lanciò un'occhiata alla trapunta stropicciata, e disse: «Desmond, credo proprio che dovresti prestare più attenzione a non urtare la sensibilità dei domestici».

Desmond sapeva bene che sua zia non stava pensando solo ai domestici, così le mise un braccio intorno alle spalle e le spiegò con fare convincente che lo stato maggiore stava tenendo una riunione segreta, relativa ai piani della campagna prevista per la giornata: avevano chiuso a chiave solo per non venire interrotti dai bambini. Zia Jessica non gli credette. Fidanzati o no, erano comunque tenuti a comportarsi con decoro; Harriet era sotto la sua responsabilità, e quanto ai modi furtivi di Desmond, non le garbavano affatto.

«Ti proibisco di rimettere piede in questa stanza» disse. «Esci subito.»

Poi raggiunse Harriet accanto alla finestra e si scusò per la scenata: disse che Desmond era il solo da biasimare, e le chiese di perdonarla se le era parsa poco ospitale. Harriet le strinse forte la mano e andò all'armadio a prendere l'impermeabile. Lo indossò e insieme scesero le scale. Zia Jessica era sconcertata dall'incapacità di Harriet di trovare qualcosa da dire, ma nel complesso la ragazza le piaceva più di quanto avesse previsto.

Passò un'altra mezz'ora prima che le macchine si avviassero sul viale, Desmond alla guida della prima e Harriet seduta accanto lui. Si disse dispiaciuto dell'irascibilità di sua zia: bastava solo blandirla un pochino e sarebbe tornata in sé. Harriet non disse nulla, concentrata sul complicato meccanismo della bussola che le aveva prestato.

Guidarono per una decina di chilometri lungo la strada maestra, attraversando villaggi orribilmente grigi, tra cave di ardesia nera e sudici cumuli di detriti. Dalle nuvole era sbucato il sole, che metteva in risalto lo squallore dei cottage poveri e incolori, dei brutti edifici scolastici, delle anguste cappelle presbiteriane in mattoni rossi e giallognoli. Dopo una curva a gomito, imboccarono una scoscesa via secondaria che dopo qualche centinaio di metri, alla prima fattoria, divenne una strada sterrata. Desmond guidava piano per permettere a tutti di contemplare la valle selvaggia, con i suoi piccoli campi di fieno e i boschi. Per altri cinque chilometri non incontrarono né case né fienili.

Harriet stava riflettendo sul mistero dei genitori di Desmond quando, per fare un po' di conversazione, lui le domandò un parere su zia Jessica.

«Questa mattina, prima che tu arrivassi a colazione, ha accennato ai tuoi genitori» rispose lei. «Cosa gli è successo?»

«Erano male assortiti. Mia madre amava l'Irlanda, era una sostenitrice accanita del Sinn Féin e fraternizzava con i ribelli, gente come la contessa Markiewicz, Maud Gonne, Lady Gregory e Jim Connolly. Mio padre militava nell'esercito inglese. Abitavamo a Wexford.»

Harriet sentiva pronunciare quei nomi per la prima volta e non ebbe nulla da dire in merito.

«Preferivi tuo padre o tua madre?» domandò invece.

«Mia madre. Morì poco dopo che ebbi lasciato l'accademia di Sandhurst.»

Si fermarono all'ultima fattoria dello sterrato, parcheggiando le auto nel cortile. Harriet rimase delusa vedendo tornare il sole, che illuminava perfettamente il sentiero rendendo del tutto superflue cartina e bussola. Si caricò un grosso zaino sulle spalle e un cesto in una mano.

Senza troppa convinzione i bambini si incamminarono con lei lungo il sentiero, mentre Desmond aspettava in macchina che sparissero alla sua vista dentro un boschetto. Poi si precipitò al cottage prendendo la scorciatoia. Harriet e i bambini procedettero lentamente lungo la mulattiera, fiancheggiata da due enormi muri di pietra. Proseguivano per pochi metri appena, e non recintavano nulla. Annabel chiese cosa fossero e Becky rispose che erano i resti di un'antica miniera d'oro. Harriet disse che più probabilmente si trattava di stagno, ma Annabel, improvvisamente stridula, insistette che si trattava proprio di oro, e che lei lo sapeva fin da principio. Adrian disse che non le era nemmeno venuto in mente finché non glielo aveva spiegato Becky, e battibeccarono per un po', finché furono distratti dalla vista di uno scoiattolo rosso. Agli occhi di Harriet, vissuta quasi sempre al sud, l'animaletto appariva esotico ed estraneo. Il cielo ormai era completamente terso e il sole battente li faceva sudare sotto il carico di zaini e cesti. Harriet prese per mano Nicko, per aiutarlo a camminare.

Dopo aver guadato un ampio ruscello su una serie di larghe pietre piatte, e una volta raggiunta la cima di un'altura, avvistarono il cottage di pietre grigio-scuro, quasi nere, a circa trecento metri. Da una delle finestre sventolava un fazzoletto, e dal camino saliva una voluta di fumo. Harriet chiamò a raccolta i bambini e disse che il cottage avrebbe dovuto essere disabitato, poi indicò il fumo. Quel luogo racchiudeva un mistero e al villaggio circolavano strane storie. Disse che toccava a loro indagare; avrebbero bussato alla porta e se qualcuno fosse venuto ad aprire avrebbero chiesto un bicchiere d'acqua.

Annabel, Cooty e Nicko sembravano spaventati ma Becky sorrise, curiosa di scoprire cosa avessero architettato gli adulti. Adrian e John corsero in avanti fino al cottage, seguiti dagli altri – Cooty e Annabel con più riluttanza. Qualunque fosse il destino che li aspettava, Nicko appariva determinato a non farsi lasciare indietro.

Arrivati nei pressi del cottage i due maschi rallentarono, indugiando finché Harriet e gli altri li ebbero raggiunti, poi si fecero coraggio e proseguirono con i volti tirati, e Adrian bussò forte al portone.

Dall'interno rispose il rimbombo di passi pesanti e imprecazioni gutturali e loro arretrarono un po', poi Hitler spalancò la porta e uscì a passo di marcia e braccio teso. Per qualche secondo i suoi baffetti, il ricciolo sulla fronte e la pancia, ottenuta con un cuscino, spaventarono i bambini, ma quando cominciò a declamare in un tedesco maccheronico tutti si resero conto, con sollievo, che si trattava soltanto di Desmond. Tra strilli e lazzi presero a bersagliarlo di fango e zolle d'erba, mentre lui si muoveva come un orso assaltato da cuccioli uggiolanti. Quando intuì che stavano per passare ai sassi, riparò in casa precipitandosi su per le scale con gli inseguitori alle calcagna, e dall'alto rovesciò loro addosso un secchio d'acqua, infine si arrese gettandosi in ginocchio in una stanza vuota. I bambini si impadronirono di un altro secchio, riempito appositamente da Desmond, e lo inzupparono fino al midollo.

Poco alla volta le urla si placarono, e il gioco finì quando Desmond, grondante, propose di esplorare il resto della casa e le costruzioni all'esterno. In una credenza trovarono delle stoviglie, un bollitore e un grande tegame nel quale Desmond si apprestò a rosolare ventiquattro salsicce per pranzo. Harriet sbucciò le patate da friggere e Becky riempì il bollitore. I bambini lasciarono gli zaini in cucina e andarono a perlustrare gli edifici diroccati sul retro della fattoria e a raccogliere legna per il fuoco. Sotto il cielo ora limpido faceva quasi troppo caldo per pranzare al sole, ma i bambini si rifiutarono di restare al chiuso. Sedettero su un muretto e, uno dopo l'altro, chiesero un bis di salsicce. Desmond, che aveva previsto il loro appetito, riprese a friggere, mentre Harriet gli passava i piatti. Nessuno dei due ebbe il tempo di mangiare.

Dopo pranzo i bambini decisero di sbarrare il ruscello con una diga, ricavando una piscina per fare il bagno. Desmond e Harriet finirono quel poco che era avanzato e poi lavarono piatti e tegame con l'aiuto di Becky. Preparato il caffè e ripreso fiato, rimasero a chiacchierare per un po' e infine si arrampicarono tutti e tre su uno spuntone roccioso per godersi la vista del monte Snowdon in lontananza.

Ci volle quasi tutto il pomeriggio perché la piscina, profonda una spanna, risultasse abbastanza larga da contenere più di due bambini alla volta, ma quando Desmond dichiarò che era ora di levare le tende e scendere alla fattoria per la merenda tutti si affrettarono a spogliarsi e a buttarsi in acqua, strillando e schizzandosi a vicenda. Becky, che era stata ben contenta di restare tutto il giorno con gli adulti, decise all'ultimo minuto che non le andava di farsi emarginare. Si levò gli abiti e si unì a quella calca di pelli lucide e abbronzate. Se la piscina fosse stata più grande anche a Harriet non sarebbe dispiaciuto fare il bagno.

Nella spaziosa cucina della fattoria mangiarono uova fritte, pane, burro e marmellata, una quantità illimitata di panna, torte e biscotti, e Desmond fece in modo di riportarli a casa in tempo perché Nicko andasse a letto alla solita ora.

Harriet era sembrata silenziosa, pensava Desmond, e si disse che doveva dipendere dalla stanchezza della notte passata in viaggio e della lunga giornata. Le suggerì di riposare fino all'ora di cena e, tenendola per un gomito, la accompagnò al piano di sopra, fermandosi sulla porta della sua stanza. Per la cena non era richiesto un abbigliamento elegante, disse.

Poi lentamente ridiscese i gradini, testa bassa e mani in tasca, pensando all'empasse in cui si era cacciato: aprì una porta-finestra e uscì in giardino, accese una sigaretta e tagliando per il prato imboccò il sentiero che conduceva all'orto. Secondo i suoi piani la faccenda della dichiarazione avrebbe già dovuto venir sbrogliata in macchina, sulla strada da Ruabon, ma da principio lo aveva scoraggiato il tempo orribile, e poi la scontrosità di Harriet, resa intrattabile dall'incidente del gabelliere.

Con sua sorpresa Desmond era stato contento che Becky fosse rimasta incollata a loro tutto il giorno, risparmiandogli con la sua presenza di affrontare quell'argomento cruciale. Aveva scoperto un interessante tratto di ostinazione nel carattere di Harriet, pensò; era stata coraggiosa a contestare con tanta fermezza il suo rifiuto di pagare il pedaggio. Chiunque altro, in circostanze analoghe, avrebbe preferito assecondarlo piuttosto che criticarlo e contraddirlo, e la cosa più incoraggiante era che avesse assunto una posizione perfettamente corretta: l'approccio che Desmond aveva adottato all'inizio era stato piuttosto burocratico, ed era evidente che Harriet, malgrado la sua educazione, aveva un ottimo istinto.

Per mesi Desmond aveva fatto tutto il possibile, così gli pareva, per giudicarla in modo razionale, ma la verità era che per lei aveva perso completamente la testa, e nel modo più convenzionale e borghese possibile. Poteva anche sforzarsi di mantenere un atteggiamento scientifico, ma ormai doveva riconoscere per esperienza una realtà incontrovertibile e oggettiva, l'entusiasmo assoluto con il quale si guarda a una persona della quale ci si ritrova innamorati. Evidentemente la piena consapevolezza delle cause fisiche, biologiche e persino economiche di quel sentimento non ne moderava in nulla gli effetti, straordinari e tuttavia del tutto reali.

Desmond sorrise di felicità, chinandosi a scavare con un rametto un buco nel terriccio di un'aiuola, dove seppellire il mozzicone della sigaretta. Il vantaggio indiscutibile di Harriet, pensò, era che la sua estrazione, il suo reddito e la sua formazione la rendevano perfettamente adeguata a sposare un uomo della sua posizione, ma nel contempo lei era ancora abbastanza giovane perché lui potesse istruirla in privato fino a convertirla alle proprie convinzioni.

Si domandò perché fosse stato tanto sciocco da impiegare tanto tempo a trovare quella soluzione. Per anni era stato incapace di risolvere il dilemma di trovare una moglie socialmente accettabile, e al tempo stesso non indottrinata dal suo ambiente al punto da impedirgli di insegnarle a distanziarsene. Se anche non si fosse innamorato così perdutamente di Harriet, a quel punto avrebbe comunque dovuto mettersi alla ricerca di una donna con le sue stesse, identiche caratteristiche. Desmond non aveva dubbi che sposarsi fosse la cosa migliore: c'era qualcosa di rassicurante in una coppia sistemata, e restando scapolo troppo a lungo rischiava di suscitare un sospetto sgradevole, se non addirittura pericoloso, di eccentricità.

Continuò a passeggiare tra le siepi di bosso potate in forma di pavoni, e si avventurò nell'orto. Davanti a lui, proprio in mezzo al sentiero, ansimava una grossa rana. Si fermò a guardarla dall'alto: il giardiniere che seminava a qualche metro di distanza gli augurò la buonasera e disse qualcosa a proposito della piaga delle rane che ultimamente avevano invaso i campi. A Desmond tornò in mente un viaggio fatto in Giamaica, dove c'erano rane gigantesche, grandi come conigli: spiegò al giardiniere che sciamavano nella stagione umida. A migliaia saltavano sulle autostrade e se ne stavano là, a godersi sulla pancia le grosse gocce di pioggia che schizzavano sull'asfalto: non c'era verso di smuoverle, disse; e si lasciò andare al racconto di come, una sera, in ritardo per una cena a una ventina di chilometri di distanza, con la sua auto grigio chiaro le avesse investite a tutta velocità, come Churchill su un carro armato. Il rumore di poltiglia e ossa scricchiolate era stato raccapricciante e lui era arrivato dal suo ospite con la macchina completamente inzaccherata, lorda di sangue e interiora di rana.

«Un macello indescrivibile» disse.

Il giardiniere concordò che doveva essere stata un'esperienza orribile e passarono a parlare della guerra e dei raid aerei per qualche minuto, poi Desmond si diresse verso una panchina accanto allo stagno di ninfee. Sedette e pensò ancora a Harriet.

Non si capacitava di avere tardato tanto a risolversi, e si domandò cosa lo avesse trattenuto, ma poi gli venne da pensare che in realtà non era così strano; dopotutto il matrimonio era una cosa seria e Harriet, a prima e persino a seconda vista, non sembrava affatto la persona indicata con la quale un uomo gravato da impegni come i suoi potesse permettersi di stringere un legame. Per capire che, al contrario, lei era proprio quella giusta era stato necessario prendersi del tempo, e ora era confortante nutrire la certezza di non aver preso una decisione impulsiva, motivata dalla sola spinta emotiva. Anzi, la questione era talmente importante, pensò, che probabilmente avrebbe dovuto discuterne ufficialmente con i colleghi.

Per un istante si sentì in colpa, ma poi si rese conto che quello era esattamente il tipo di decisione che era suo dovere affrontare in maniera autonoma: era naturale che loro non potessero consigliarlo su una faccenda tanto intima, e in passato avevano sempre approvato che organizzasse la sua vita privata nel modo che riteneva più consono. Quello non era tema per una riunione formale, decise, ma certo se se ne fosse offerta l'opportunità non ci sarebbe stato nulla di male a sollecitare una conversazione amichevole in merito.

Desmond lanciò una sigaretta accesa su una foglia piatta di ninfea e restò a guardarla fumare, per vedere se la brace ne avrebbe forato la superficie, cadendo poi in acqua. D'un tratto ebbe paura. Forse stava dando troppe cose per scontate: e se Harriet l'avesse respinto? Strinse i pugni, provò un senso di vertigini e per una frazione di secondo si sentì svenire. Irrigidì il mento e si riprese, riflettendo che se lei non avesse avuto intenzione di accettare la sua proposta, non sarebbe certo venuta fin là. In ogni caso bisognava usare molto tatto e scegliere il momento opportuno. Lei era stanca, meglio non dire niente per quella sera.

Desmond esaminò attentamente tutte le possibilità del giorno successivo e giunse alla conclusione che sarebbe stato più saggio non dichiararsi nella fretta di un momento rubato – in giardino prima di colazione, o di ritorno dalla messa – ma aspettare fino a dopo cena, quando avrebbe avuto il tempo, in caso di diniego, di parlarle con calma e convincerla a cambiare idea.

Quella sera zia Jessica, Harriet e Desmond giocarono a poker puntando fagioli e andarono a letto presto. Domenica mattina andarono in chiesa e Harriet, sempre più tesa e irritabile, provò un imbarazzo quasi intollerabile per l'ostentazione con cui Desmond cantava gli inni e per il modo esageratamente pio con cui rispondeva alla liturgia. Verso l'ora di pranzo si era quasi convinta che lui non le piaceva per niente e fu felice di aderire al progetto di zia Jessica di portare i bambini a fare merenda da un vicino, lasciando Desmond solo in casa a finire del lavoro che aveva detto di aver trascurato.

Non fu che a mezzanotte passata che Desmond chiese a Harriet di sposarlo. Erano soli in salotto: le tende erano tirate e la stanza era illuminata e riscaldata dal fuoco scoppiettante nel caminetto; i paralumi di seta diffondevano nella stanza un soffuso bagliore rosa.

Contemplando la bellezza squisita delle braccia di Harriet, Desmond riuscì a stento a controllare la voce.

«Vuoi sposarmi?» le domandò in tono fermo.

«Perché ci hai messo tanto a chiederlo?»

Harriet era delusa perché si era aspettata che almeno lui la baciasse, e le dicesse che la amava. Non si sentiva all'altezza della assennata compostezza di lui e di quel suo modo di trattarla, amichevole come se avesse a che fare con un uomo suo coetaneo: era un atteggiamento che impediva ogni intimità, pensò, e dopotutto lei era pur sempre una donna.

Desmond percepì il suo risentimento e si mise sulla difensiva, ironico.

«Volevo metterti alla prova con i bambini per vedere se potevi essere una buona madre» disse.

«Non sono una mucca da riproduzione e non vedo perché dovrei sposare un rettile a sangue freddo come te» ribattè lei.

Sentì le lacrime salirle agli occhi, poi iniziò a piangere

e se ne vergognò tanto che scoppiò in singhiozzi, scattò in piedi e corse a chiudersi in camera. Per timore di svegliare zia Jessica e metterla in agitazione Desmond non la seguì: rimase seduto in salotto, sconfortato, finché il fuoco si spense e lui iniziò a tremare dal freddo.

2

Tornata a Londra, Harriet rimase depressa per giorni. Lunedì sera assistette a una commedia noiosa con sua madre, e martedì andò a letto alle nove e mezza senza riuscire a prendere sonno. Mercoledì sperò tutta la mattina che Desmond telefonasse, senza rendersi conto di aspettare proprio quello. A pranzo decise di fare uno squillo a sua cugina Caroline Fairlie e invitarla per il tè.

Caroline arrivò poco dopo le quattro e in attesa che bollisse l'acqua le due cugine chiacchierarono del più e del meno nell'umida cucina del seminterrato dell'enorme villa di Belgrave Square dove Harriet abitava fin dalla nascita. Sua madre, disse, non poteva permettersi di traslocare in un residence, come avrebbe preferito.

«Non ci credo» disse Caroline.

«A cosa, che sarebbe troppo costoso o che preferirebbe vivere in un appartamento?»

«Che un residence non sia più economico.»

«A quanto pare bisogna considerare gli interessi sul prezzo della casa, posto che si decida di venderla e investirne i proventi. Dicono che ci guadagneremmo meno dell'affitto di un appartamento.»

«Potrebbe ricavarne più d'uno, dividendo la villa.»

«Mamma ci è troppo affezionata.»

«Dev'essere bello potersi permettere una casa così costosa» disse Caroline.

«Perché fingi sempre di essere tanto povera?»

«Forse perché mi sento in colpa a non esserlo.»

«In effetti, una certa ingiustizia c'è» disse Harriet. «Eppure io non provo alcun rimorso. Immagino mi manchi la coscienza.»

«E anche un po' di cultura» disse Caroline.

«Se intendi comportarti in modo così sgarbato, il tè puoi scordartelo.»

Rimasero a fissarsi con un mezzo sorriso, ripensando che anche da bambine bisticciavano di continuo. Ormai Caroline sapeva che il vero motivo era la sua gelosia per la bellezza di Harriet, mentre quest'ultima non era ancora consapevole della propria invidia per l'intelligenza dell'altra. La guardò e ricordò che, a detta di tutti, a scuola era Caroline quella con il cervello. Non che non fosse carina, ma era troppo alta e troppo magra, e le sue scarpe senza tacco, di primo acchito, la facevano sembrare più insignificante di quanto fosse in realtà. Eppure, malgrado quella rivalità, Caroline nutriva un affetto sincero e tenero per la cugina, la quale a sua volta, in fondo, la ammirava e le voleva più bene che a qualsiasi altra delle loro coetanee.

Harriet l'aveva invitata per parlare di Desmond e una volta riempita la teiera e disposta su un piatto qualche fetta di pane imburrato, le accennò con falsa indifferenza, senza voltarsi, di avere trascorso il fine settimana dalle parti di Ruabon.

Caroline sapeva benissimo che per tutto l'inverno Harriet era uscita quasi esclusivamente con Desmond, e che lui aveva dei parenti nel Galles.

«Gentile da parte tua fare tanta strada per far visita a una vecchia signora un po' sola» disse.

«Non è sola. Desmond è molto ligio ai suoi doveri.»

«Sì, straordinariamente ligio. È senza dubbio la persona più ligia che conosca.»

«A te piace?»

«Ho sentito dire che sia un soldato di prim'ordine, con un futuro brillante davanti a sé.»

«Lo dici apposta per metterlo in cattiva luce?»

«Gira voce che voi due abbiate un flirt.»

«La gente parla a vanvera.»

«Peccato, speravo proprio che fosse vero» disse Caroline.

«Sul serio, cosa ne pensi di lui?»

«Ai balli è stato sempre gentile con me, dunque sarebbe ingeneroso dire che non riesce del tutto a mascherare la sua condiscendenza.»

«So cosa intendi, ma ti sbagli. È solo una persona molto cauta.»

«Non ti sembra che abbia un tocco un po' volgare di snobismo?»

«Non si può negare che sia molto sensibile alle distinzioni di classe» disse Harriet con una risatina.

«Forse sono io a essere bisbetica» disse Caroline. «Dopotutto, non è che una versione appena appena caricaturale del tradizionale ufficiale e gentiluomo.»

«Sei proprio una carogna» disse Harriet senza scomporsi. «Diventerai un'insopportabile vecchia zitella. Perché non ti è simpatico?»

«È troppo perfetto per essere vero.»

A Harriet tornò in mente il comportamento di Desmond in chiesa e si imbronciò per un momento, ma poi ricordò che, poco dopo il loro primo incontro, lui l'aveva portata a Hurlingham, aveva parcheggiato la macchina tra i rododendri e, con un trasporto molto lusinghiero, le aveva accarezzato i capelli e si era chinato lentamente verso le sue labbra, attendendo di capire se lei gli avrebbe permesso di baciarla. Lei non si era mossa, così lui le aveva infilato le dita tra i capelli, stringendo forte una ciocca e costringendola a poco a poco ad appoggiare la testa sul bordo del sedile di pelle; con la sinistra l'aveva spinta all'indietro, tenendole poi ferma la spalla. Lui era così forte, sarebbe stato difficile per lei, divincolarsi. Era rimasta perfettamente immobile e poi, quando il volto di lui si era trovato a pochi millimetri dal suo, aveva arricciato il naso e con una smorfia gli aveva fatto una linguaccia. Lui si era divertito a stuzzicarla per un istante, poi l'aveva baciata, lentamente e profondamente, con la lingua, e due o tre volte stringendo la sua tra i denti.

Harriet lanciò a Caroline un'occhiata in tralice, poi arrossì e scoppiò a ridere.

«Non sai di cosa parli» disse.

«Pensi di innamorartene?» domandò Caroline.

«Sì, follemente.»

«Non va bene per te. È troppo compassato.»

Harriet si indispettì di nuovo e sbottò, con superiorità: «Se proprio vuoi saperlo, mi ha chiesta in moglie».

«Hai accettato?»

«Mi è venuta una crisi isterica» disse Harriet.

Caroline scoppiò a ridere di cuore e quando si fu ripresa si rese conto di essere stata insensibile, così fece il giro del tavolo e si scusò con Harriet, carezzandole i capelli. Risero entrambe bevendo il tè e Harriet descrisse il comportamento impeccabile di lui quando la mattina dopo l'aveva accompagnata alla stazione: si era detto dispiaciuto di averla messa in agitazione, ma aveva chiaramente lasciato intendere che si riservava il diritto di un secondo tentativo. Harriet le raccontò quant'era meravigliosamente facile andare d'accordo con lui, e quanto aveva sofferto per la sua mancata telefonata. Prima che finissero di bere il tè Caroline aveva capito che Harriet era davvero innamorata e decise di rendersi utile.

«Dovrai telefonargli tu» disse.

«Penserà che gli do la caccia.»

«Beh, è vero» disse Caroline.

Harriet si incupì e Caroline insistette, sostenendo che secondo lei Desmond era tipo da apprezzare la franchezza, e che lo avrebbe divertito, e probabilmente lusingato, vedersi corteggiato così apertamente.

«Non ne sarei tanto sicura» disse Harriet. «È un po' bacchettone, sai.»

«Un minuto fa hai detto che non lo era.»

«È tutto molto complicato.»

Harriet rimase zitta per un po', poi raccontò alla cugina di come, il giorno che aveva conosciuto Desmond, si fosse incredibilmente sorpresa a provocarlo. Erano invitati con altra gente a una festa in una villa di campagna e si erano trovati da soli, appartati sulle sponde di un lago. Il pomeriggio era molto caldo e Harriet avrebbe voluto fare il bagno, ma non avevano portato i costumi e nessuno dei due sembrava avere voglia di tornare indietro a recuperarli. Ricordava di aver suggerito che prendessero il sole e di essersi tolta la camicetta, restando solo con una sottoveste molto leggera. Desmond l'aveva guardata assolutamente scandalizzato e, senza por tempo in mezzo, l'aveva scortata alla villa a passo marziale.

«Questo non dimostra niente. E comunque il tuo è stato un trucchetto puerile» disse Caroline.

«Se insisti a insultarmi non ti confido più niente» dichiarò solenne Harriet.

Si spostarono nell'enorme salotto del pianterreno, arredato in stile Impero, e continuarono a parlare di Desmond per un'altra ora. Harriet decise che gli avrebbe concesso ancora un giorno e che l'indomani gli avrebbe telefonato per invitarlo a pranzo.

Alle otto e mezza del mattino Harriet chiamò Desmond e lo invitò a pranzo. Lui era di servizio e fu costretto a rifiutare. Lei allora suggerì che uscissero per cena, ma lui aveva già un impegno che dichiarò improrogabile. Harriet riagganciò senza salutarlo.

Attese qualche minuto che lui richiamasse, quindi compose di nuovo il suo numero un istante prima che lui si decidesse a farlo. Lui propose un tè da Gunters.

«Allora ci vediamo alle quattro, tesoro» le disse lui, e attese che appendesse il ricevitore.

Harriet sbagliò i conti e arrivò alla sala da tè con dieci minuti di anticipo. Desmond era già là: disse di essere arrivato mezz'ora prima per accertarsi di avere il tavolo che voleva. Ordinò il tè, poi si sporse sul tavolo, le prese la mano e disse che non l'avrebbe lasciata andare finché non avesse giurato di sposarlo. Disse che era troppo vecchio per lei e che per svariati altri, seri motivi sarebbe stata una sciocca ad accettarlo, ma che da sei mesi a quella parte non riusciva a smettere di pensare a lei giorno e notte, che era diventata un'ossessione e che si era perdutamente innamorato.

Parlava con una sincerità disperata e le teneva la mano tra le proprie. Lei rimase a fissare quelle sue unghie enormi e sentì che dentro di lei qualcosa si scioglieva e ribolliva.

«D'accordo. Se è quello che vuoi» rispose.

«Lo giuri?»

«Ma certo, sciocco che sei, non ho desiderato altro fin

da principio. Avresti dovuto chiedermelo alla stazione di Ruabon.»

«Non osavo.»

Harriet rimase sbalordita vedendo che diceva sul serio, e rise felice leggendogli lo smarrimento negli occhi. Si sentiva adulta e vittoriosa. Desmond lasciò una sterlina sulla tovaglia, si alzò e disse che sarebbero andati da Cartier per l'anello: una volta che avesse indossato quello, disse, non c'era più ritorno, doveva considerarsi arruolata.

«Non potremmo andare in un posto più divertente di Cartier?»

« Mentre venivo qui ho preso la precauzione di passare e prendere accordi per pagare con un assegno. Il concierge del mio club non cambia somme superiori a dieci sterline alla volta, e le banche sono chiuse.»

Harriet si accorse che adesso quella sua competenza universale le appariva come una peculiarità innocua e commovente, allo stesso modo in cui le amanti di Byron dovevano aver guardato al suo piede equino; e si sentì quasi svenire di tenerezza, perché era proprio da lui avere organizzato tutto così meticolosamente.

3

Un mese dopo, Harriet Elizabeth Fanshawe Frodsham, figlia del fu Alfred Frodsham e di Lady Anne Frodsham, andò in sposa al maggiore Desmond Ferneaux-Lightfoot, ufficiale decorato del corpo dei Granatieri, nella chiesa di St. George a Hanover Square. La cerimonia fu officiata dal vescovo di Lambeth, e un giornale di cronache mondane la definì una delle più sofisticate e affollate della stagione. L'ufficiale comandante dello sposo, il colonnello J.R. Hammerton, era il suo testimone e la sposa, accompagnata all'altare dallo zio, Lord Derwick, indossava un abito con strascico di broccato dorato e bianco, e un velo di pizzo antico su una coroncina di seta e fiori d'arancio. Il ricevimento si tenne a casa della madre della sposa, a Belgrave Square.

Dal momento che, con così poco preavviso, non erano riusciti a riservare dei posti in aereo, Harriet e Desmond decisero di prendere la Freccia d'Oro per la Svizzera la mattina dopo la cerimonia, ma fino al giorno prima delle nozze ancora non avevano stabilito come sistemarsi tra la fine del ricevimento e la partenza del treno. Desmond disse che si rifiutava categoricamente di trascorrere la notte al Ritz o al Claridge's, troppo prosaici e banali. Harriet non gli fu di alcun aiuto, talmente entusiasta per ogni cosa da non avere preferenze di sorta, e non desiderando altro che di fare piacere a Desmond. Prendere una decisione fu particolarmente difficile perché anche lui era intento a cercare di indovinare cosa sarebbe piaciuto *a lei.* Era stato irremovibile in merito al Ritz solo perché, durante il fidanzamento, lei gli aveva dato l'impressione di trovarlo noioso; e comunque sperava di escogitare qualcosa di originale e romantico.

Harriet non era mai stata alle corse dei cani e non appena venne loro in mente conclusero che era proprio la cosa giusta da fare. Lasciarono il ricevimento indossando abiti comodi a bordo di una gigantesca auto a noleggio, e scommisero forti somme sui cani che in base alle descrizioni dei tre giornali comprati lungo il tragitto sembravano più promettenti. Harriet si infervorò più del previsto, vincendo nelle prime due gare e anche nell'ultima, e godendosi immensamente la serata. Desmond era stato premuroso e abile, pensò, a suggerire di andare alle corse, perché così facendo era riuscito a distrarla dal vago timore che provava.

La cena al ristorante del cinodromo non fu nulla di speciale, ma i due sposi si concessero il lusso di una bottiglia di champagne dolce, ed era già piuttosto tardi quando raggiunsero l'albergo senza pretese accanto alla Victoria Station, dove avevano prenotato una stanza immensa per la notte. Quando salirono dal bar trovarono in camera un vassoio di pane tostato, paté e due bottiglie di Moselle. Nel pomeriggio il domestico di Desmond aveva trasportato là i loro bagagli, e sul letto, accanto all'angolo rivoltato del lenzuolo, c'erano stesi i loro pigiami.

Harriet era al tempo stesso spaventata e raggiante, e mentre Desmond stappava una bottiglia si spogliò in fretta, indossando una vestaglia di seta leggera. Desmond si era tolto la giacca appena entrato in camera, e in camicia bianca e pantaloni blu stava accanto alla mensola di marmo del caminetto, a guardarla, sentendosi più felice di quanto fosse mai stato in vita sua. Si avvicinò, la prese per mano e disse che voleva vederla senza vestaglia. Gliela tolse con delicatezza e lei, con totale premeditazione, si esibì in un balletto attraverso la stanza, mettendo in mostra il corpo perfetto e la perizia dei passi. Gli si fermò di fronte, puntando davanti a sé un piedino con le unghie laccate, a testa alta e con le braccia tese dietro di sé, in posa come una ballerina di Degas.

«Sei la cosa più bella del mondo» disse Desmond.

Con una serie di lente piroette lei lo raggiunse accanto al letto e infilò il pigiama blu elettrico.

«Perché lo metti?» domandò Desmond.

«Hai lo sguardo famelico di una tigre» rispose lei.

Desmond sedette sulla sponda e mentre lei gli restava ferma accanto le cinse i fianchi snelli con le braccia e la attirò a sé.

«Prometto di non spaventarti» disse, mentre le sbottonava lentamente il pigiama. Lei gli accarezzò la testa e la nuca con entrambe le mani.

«Caro, dolcissimo Desmond» disse «non vorrei deluderti, ma ho un po' paura di sentir male.»

Lui si alzò e raggiunse il tavolo dov'era sistemato il vino e Harriet rimase in piedi, mentre i pantaloni del pigiama le scivolavano alle caviglie: li scalciò via e si avvicinò a Desmond, temendo di averlo contrariato.

«Naturalmente, tesoro» gli disse «voglio che tu faccia tutto ciò che desideri, qualunque cosa. Temo solo di non essere all'altezza.»

«Mia adorata Harriet, non intendo farti violenza» disse lui, sommesso. «Io ti amo.»

«Ma non a prima vista.»
«Non ho avuto scampo, fin da principio.»
«Non fosti affatto galante.»
«Ti eri tolta la camicetta apposta per eccitarmi.»
«Non so dove trovai il coraggio. Adesso non ne sarei capace.»

Lui arretrò di un passo, la squadrò e scoppiò a ridere: «Forse non con una camicetta» disse.

«Il pigiama lo hai sbottonato tu.»

«Avresti potuto rimetterlo» ribatté lui.

Lei si piantò a gambe leggermente divaricate e con le mani sui fianchi nudi, e guardandolo affettuosamente in quegli occhi ferini, disse compunta:

«Sarebbe stata solo una perdita di tempo».

La mattina dopo arrivarono al treno con tre quarti d'ora di anticipo. A Victoria Station Harriet passeggiò fino in fondo al binario nel sole sfolgorante. Era una vera soddisfazione avere un marito così bravo a sbrigare tutte le faccende di bagagli, dogana e biglietti. Era la giornata più calda dell'estate e lei indossava un abito di lino, giallo limone, troppo elegante per viaggiare. Lo aveva scelto perché voleva che Desmond la ricordasse al suo meglio, nel loro primo giorno da sposati.

Senza rendersene conto, canticchiava sottovoce ma distintamente: «*I'll sing you one, O green grow the rashes, O*», e sorrideva al pensiero di quando la sera prima Desmond le aveva ceduto il bagno per cambiarsi, poi le aveva rimboccato le coperte, aveva spento la luce e si era spogliato al buio. E a quel punto si era comportato in modo tanto attento e gentile ma, allo stesso tempo, così deciso da sconvolgerla. Ricordò con piacere il suo corpo nudo irsuto, e l'attimo di panico che l'aveva colta quando l'aveva abbracciata e lei aveva sentito le sue braccia muscolose, come funi enormi e nodose che la stringevano. Canticchiò un po' più forte e le sfuggì una risatina, ripensando all'audacia delle sue carezze nell'interno delle sue cosce e a quanto l'avesse sorpresa la carnalità, l'eccitazione e la concitazione dell'intera faccenda.

Il macchinista si sporse dalla cabina e le gridò: «Siamo felici, eh?».

«Sì, proprio felici» rise lei.

Si voltò di nuovo verso la stazione, incamminandosi a cercare Desmond, che a quel punto doveva essersi già accordato con i facchini e forse si stava chiedendo dove fosse finita. Lo vide in piedi accanto al portello della loro carrozza e ne ammirò il nuovo completo di tweed del Donegal, con la giacca sportiva a tre quarti e i pantaloni attillati. La camicia bianca, pulita ma sgualcita, la vecchia cravatta di Eton e le scarpe di vitello tanè le parvero magnificamente eleganti e prive di affettazione. Decisamente le piacevano gli uomini che non amavano ostentare, pensò, e ridacchiò, raggiungendolo e tendendo le mani verso le sue.

«Che c'è da ridere?» le domandò.

«Sei uno schianto» rispose.

«Idem tu, con i fiocchi.»

Il gergo di Desmond, di una generazione precedente alla sua, le era sconosciuto, e la sorpresa la fece scoppiare in una risata che fece voltare la gente a guardarla con ammirazione e piacere.

Per buona parte di coloro che si trovavano sul binario, quella sarebbe stata la prima vacanza sul continente da quasi cinque anni, il sole splendeva e tutti erano emozionati, allegri, ben vestiti e contenti. Persino gli addetti delle ferrovie, sorridenti, premurosi e rilassati, sembravano prepararsi a un viaggio inaugurale, e agli occhi di Harriet anche il treno pareva scalpitare per la gioia di sfrecciare via, oltre le periferie e i campi verdi di luppolo, verso Dover e il mare.

Mentre partivano lentamente, Harriet abbassò lo sguardo sul proprio anello e trattenne l'impulso di lasciare un'incisione sull'ampio vetro del finestrino con il grosso diamante. Lessero i quotidiani e, tra caffè e biscotti, parlarono di politica e della bomba atomica. Il giornale di Desmond riportava la notizia della dichiarazione di un gruppo di scienziati che protestavano contro la condanna a dieci anni comminata per spionaggio al professor Nunn May. Desmond le allungò il giornale e, quando lei l'ebbe letto, le domandò il suo parere con sincero interesse.

«Sciocchezze» disse Harriet. «Nella dichiarazione sostengono che abbia rese pubbliche le sue scoperte a vantaggio della scienza tutta, quando in realtà, in gran segreto, passava informazioni sottobanco a una spia ignorante.»

«Non può essere tanto semplice» disse Desmond. «Dev'esserci stato un motivo altruistico, alla base, visto che lui non ci ha guadagnato nulla.»

«Cinquanta sterline e una bottiglia di whisky, se non sbaglio» disse Harriet.

«Troppo insignificanti per tenerne conto: spiccioli per le spese, a mio avviso» rispose Desmond con un gesto di impazienza.

«*Insignificante*? Una bottiglia di whisky?» Harriet fece una risatina.

Non era d'accordo con lui, ma era felice di ricevere l'ennesima conferma del fatto che Desmond non era senza cuore come aveva temuto da principio. Certo, pensò, ben pochi militari di carriera avrebbero espresso un giudizio altrettanto indulgente nei confronti di un traditore. Per cambiare argomento gli domandò l'origine dell'espressione «con i fiocchi».

Desmond apparve deluso dal suo atteggiamento sul caso Nunn May, e insieme contento di parlare d'altro. Si lanciò in una minuziosa spiegazione delle nappe e dei nastri che adornavano i feretri, e di quanto le classi lavoratrici tenessero al decoro dei funerali.

«Come mai conosci tanto bene le classi inferiori?» chiese lei.

«Perché non sono uno snob come certe bellezze in abito giallo di mia conoscenza, cresciute nella bambagia» rispose lui allegramente, e aggiunse: «Ho detto classi lavoratrici, non inferiori».

Harriet si appoggiò allo schienale e rimase a guardare il paesaggio estivo che scorreva rapido dal finestrino, pensando a quanto le piaceva stare con Desmond e a quant'era strano trovare lusinghiera l'accusa di essere vissuta nella bambagia.

Vista la difficoltà di scovare un taxi a Parigi, Desmond aveva preso accordi con un amico all'ambasciata affinché un'auto diplomatica andasse a prenderli alla Gare du Nord. Mancava qualche ora alla partenza del Simpleton Orient Express che, passando dalla Svizzera, li avrebbe portati a Venezia, e avevano l'auto a disposizione per tutta la serata. Desmond decise che sarebbe stato divertente cenare all'Hotel George V, e guardare all'opera le personalità della Conferenza di Pace.

Nel bar affollato e rilucente di dorature bevvero champagne fissando uomini bruni e donne ingioiellate e truccate, ciascuna delle quali sembrava un'affascinante spia uscita da un film di Hollywood. La cosa buffa, disse Desmond, era che con ogni probabilità un buon venti per cento di loro era davvero coinvolto in qualche attività di spionaggio. Disse che non riusciva a decidere se gli ricordassero il Congresso di Vienna o il ballo della duchessa di Richmond alla vigilia di Waterloo. Considerato l'andamento del Processo di Pace fino a quel momento, il confronto con quest'ultimo pareva più calzante.

«La Waterloo di chi?» domandò Harriet. «Nostra, o dei russi?»

«Certo non dell'Unione Sovietica» rispose deciso Desmond.

Una voce alle loro spalle attirò l'attenzione della coppia e Desmond, girandosi, vide il suo amico dell'ambasciata. Lo presentò come Roland Niven e a Harriet mancò il fiato, all'estasi di sentirgli dire, per la prima volta: «Mia moglie Harriet». Sorrise e strinse la mano del giovane con un tale trasporto che quello, di gusti invertiti, ne fu imbarazzato, per quanto fosse troppo addestrato all'autocontrollo perché il suo contegno lasciasse trapelare il minimo indizio di disagio.

Chiacchierarono amabilmente per qualche minuto e poi, quando Desmond dichiarò che era ora di cenare, Niven propose di incontrarsi nuovamente dopo cena a un party a bordo di uno yacht di proprietà di un suo amico, industriale aeronautico: era attraccato sulla Senna, nei pressi della Tour Eiffel, ed era l'unica imbarcazione in vista; non potevano sbagliare. Alla festa erano invitati due ambasciatori e un assortimento di funzionari della conferenza, disse.

Senza consultare Harriet, Desmond accettò subito.

A cena, nella gigantesca sala sfavillante, Harriet si confessò intimidita alla prospettiva di partecipare a una festa chic nel suo abito da viaggio, e Desmond non riuscì granché a rassicurarla quando le rispose che non ci si perde l'occasione di conoscere degli ambasciatori; non si sa mai quando possono tornare utili, senza contare che ne avrebbero sicuramente cavato qualche indiscrezione pettegola sulla conferenza, filtrata oltre la giungla impenetrabile dei suoi ampollosi proclami.

«Sei piuttosto eloquente dopo un goccetto» disse Harriet.

Desmond ne fu gratificato, perché riteneva di avere un certo talento oratorio e a tempo debito intendeva sfruttarlo appieno. Sorrise sicuro di sé, le riempì il bicchiere e disse che non doveva preoccuparsi della sua mise; sarebbe stata senza alcun dubbio la ragazza più bella della festa, e comunque lui cosa ci avrebbe mai guadagnato, se l'avesse presentata più appetitosa di così a un branco di lupi senza scrupoli del corpo diplomatico.

«Come il signor Niven?» rise lei.

Poco dopo le nove raggiunsero in auto lo yacht. Era presto e c'erano solo quattro persone: il loro ospite, un uomo grasso sui trentotto anni con un paio di sudici calzoncini color cachi e una camicia scozzese da boscaiolo, aperta sul collo; sua moglie, in un raffinato abito scollato e collana di diamanti; Niven, ora in uno smoking di taglio impeccabile; e uno degli ambasciatori, che aveva l'aria stanca. Sedevano nel salottino sottocoperta a bere e discutere della differenza tra Marx e Engels. Terminate le presentazioni, Desmond, che entrando aveva colto l'argomento della conversazione, vi si inserì educatamente avanzando l'ipotesi che non ci fossero differenze sostanziali tra i due fondatori del marxismo. L'ambasciatore disse che quantomeno si distinguevano per la posizione rispetto al matrimonio e alla vita famigliare, e l'industriale guastò la semplicità dell'intervento puntualizzando che Engels si era convinto a sposare la maggiore delle sorelle Burns solo quando lei era stata in punto di morte.

«Un gesto generoso» disse l'ambasciatore «seppure un po' tardivo.»

«Ma con conseguenze terribilmente riprovevoli» disse Niven, con aria scandalizzata. «Rese incestuosa la successiva relazione con la sorella della defunta.»

«Che piacere vedervi» disse la moglie dell'industriale a due persone sulla porta. «Stavamo giusto intrattenendo un interessante dibattito sull'incesto.»

Uno dei nuovi arrivati, un ingegnere, prese a parlare con l'industriale, in tono leggero ma con perizia tecnica, a proposito di un progetto fantasioso che entrambi in segreto prendevano molto sul serio: un missile supersonico con una gittata di diecimila miglia e una testata nucleare. Desmond si avvicinò e si unì a loro: ascoltava attentamente, ma non si giudicava abbastanza ferrato dal punto di vista scientifico per partecipare alla conversazione.

In breve gli invitati si sparpagliarono in piccoli gruppi sul ponte, dove il cuoco dello yacht, con un alto cappello bianco, serviva da bere. Desmond e Harriet si avvicinarono alla prua a guardare la banchina deserta e la superficie tranquilla del fiume, appena increspata da onde morbide nell'aria tiepida della sera. Il cielo era rosa e sfumava in un verde pallido, e le luci giallo cadmio dei lampioni si riflettevano nitide sull'acqua. All'imbrunire la gigantesca struttura d'acciaio della Tour Eiffel sprofondò nel buio.

Harriet prese la testa di Desmond tra le mani e gli baciò le guance, gli occhi, le orecchie, il mento e la bocca. Lui la strinse alla vita e rimase immobile, pensando a quanto quella situazione fosse al di là di ogni credibilità: troppo inestricabilmente complessa, romantica e rischiosa perché sembrasse anche solo possibile che fosse vera. Provò una fitta di autocommiserazione, perché non poteva dire a Harriet tutto ciò che stava pensando e tantomeno accennare all'unico aspetto che dava a quella serata un sapore e una prospettiva del tutto particolari. Tenendola tra le braccia, disse: «Dolce Harriet, ti amo così tanto».

«Sono felice che tu sia più simile a Marx che a Engels» disse lei.

«Non esserne troppo sicura. Engels era un appassionato di caccia alla volpe.»

«Certo le nostre nozze non si possono definire tardive.»

«E a guardarti, mia cara, nessuno potrebbe pensarti in punto di morte.»

Presero commiato per arrivare alla Gare de Lyon in tempo per il treno. Avevano prenotato uno scomparto matrimoniale con due cuccette, una sopra l'altra. Erano entrambi sazi dei piaceri di quella giornata indimenticabile. Si spogliarono immediatamente e, mentre Desmond usciva in corridoio, Harriet si infilò nella sua cuccetta, sforzandosi di leggere un'edizione Penguin della *Psicopatologia della vita quotidiana* di Freud. L'aveva comprata alla Victoria Station perché si sentiva ignorante al confronto di Desmond, e in dovere di abituarsi a leggere libri seri, così da essere per lui una compagna adeguata.

Al suo ritorno Desmond si inginocchiò sul pavimento e le lisciò le sopracciglia con la punta del naso, le accarezzò le braccia nude, le diede il bacio della buonanotte e si arrampicò sulla cuccetta superiore. Una volta spenta la luce lei si addormentò subito, cullata da un senso di totale appagamento perché, quando lui si era girato di profilo, in pigiama, lei aveva notato la prova lampante che la sua indulgenza verso la giovane moglie non dipendeva dal fatto che non la trovasse attraente.

Desmond rimase sdraiato con le mani intrecciate dietro la nuca, ad ascoltare lo sferragliare ritmico del treno che accelerava, pensando a quanto tutto fosse complicato, e a quanto perfetta fosse Harriet. Era da idioti, lo sapeva bene, lasciarsi ossessionare tanto da una ragazza; e per lui in particolare si trattava di una follia che sconfinava quasi nel tradimento dello scopo al quale era votata la sua vita. Ma d'altronde era pur sempre un essere umano, pensò, e comunque nessuno di coloro i cui obiettivi aveva scelto di condividere in modo irrevocabile aveva mai propugnato un celibato monastico.

Si girò sul fianco e, mettendo deliberatamente da parte quei pensieri tormentosi, tornò con la mente a Harriet e alla sua bellezza. Era contento di essere riuscito a controllarsi quanto bastava per non dormire con lei quella notte. La realtà fisica ha le sue leggi, pensò, e per quanto lui le piacesse non si poteva pretendere che imparasse a godere dell'amore senza che le venisse concesso un po' di tempo per riprendersi dalla loro prima notte. Si girò di nuovo e si addormentò quasi in fretta quanto lei.

Alle otto e venti del mattino dopo scesero dal treno nel sole di Losanna. Avevano scelto l'albergo perché aveva un nome inglese, era il più grande e il più costoso, e comprendeva un tè pomeridiano nei servizi di pensione completa. La loro stanza aveva quattro grandi porte-finestre che davano su un ampio balcone affacciato sul lago: il bagno rivestito di piastrelle, con le docce e un lungo specchio lucidato, aveva le dimensioni di un salotto; e accanto al letto erano installati campanelli per chiamare cameriera, cameriere, valletto, paggio e facchino. Sfarzose tende nuove color cremisi dai bordi dorati ricadevano in un sontuoso drappeggio a balze.

Desmond e Harriet fecero il bagno, indossarono una tenuta estiva, e Desmond chiamò il cameriere. Nel giro di pochi secondi la colazione era apparecchiata sul balcone: pompelmo, porridge, pesche, panna, zucchero di canna, pancetta e uova, pane tostato, marmellata e caraffe di caffè francese. Harriet premette il pulsante del valletto e della cameriera chiedendo di disfare le valige e stirare tutto ciò che si fosse sgualcito durante il viaggio.

Sul balcone si accomodarono a un tavolo con una tovaglia a scacchi rossi e bianchi, godendosi il sole, il cibo e la vista del lago verde pisello ai loro piedi. L'albergo si era premurato di consegnare due quotidiani inglesi, che loro sfogliarono scorrendo i titoli e discutendo in tono svagato su quanto fosse difficile stabilire chi, tra il presidente Truman e il primo ministro Attlee, vantasse il primato mondiale per irritante mediocrità e incompetenza.

Soggiornarono a Losanna per una settimana, facendo bagni e trascorrendo le serate a cena e a ballare all'American bar. Nel pomeriggio noleggiavano una barca e uscivano al largo per nuotare e prendere il sole senza costume. Era emozionante stare di vedetta per avvistare barche e vaporetti in avvicinamento e poi, lucidi di olio solare, lasciarsi scivolare in acqua dal bordo della barca, senza farsi notare, quando si accostavano troppo. Al momento di rifare le valige e proseguire per Berna, dove contavano di comprare un orologio per Harriet, erano entrambi un po' più in carne, e ustionati.

Trovarono la capitale tedesca della Svizzera brutta e sgradevole come qualsiasi altra grande città della Germania nazista, e Desmond disse che si aspettava di veder sbucare da ogni angolo un tetro squadrone di SS bionde e prepotenti, in marcia al passo dell'oca e armate di manganelli.

«Immagino si siano goduti le loro licenze da queste parti al principio della guerra, quando ancora vincevano» disse Harriet.

«Alla fine hanno avuto ciò che meritavano» replicò Desmond.

L'orologio d'oro che acquistarono era molto piccolo e molto costoso. Avevano fatto tirar fuori l'intero assortimento di una mezza dozzina di negozi prima di sceglierlo, e poi per il resto del pomeriggio si fermarono a fissare angosciati le vetrine di ogni orefice nel quale si imbattevano, temendo di vederne esposto un altro più bello. Non ne trovarono: nemmeno a Ginevra, sulla via del ritorno, Harriet vide mai nulla di paragonabile alla deliziosa combinazione di semplicità e lusso del suo.

Presero il tè e svariate paste alla crema in un caffè con i tavolini all'aperto e poi visitarono una mostra del pittore svizzero-tedesco Paul Klee. Harriet si entusiasmò per ogni quadro – meticolosi uccellini capovolti e visi delicatamente sfocati, azzurro chiaro, con un unico tratto per il naso e due cerchi perfetti, di sfumature appena diverse, al posto degli occhi. Desmond non era d'accordo. Disse che si trattava quasi di una truffa, al solo scopo di abbindolare anziane signore sciocche e facoltose, credulone e sfaccendate. Quasi, ma non del tutto, puntualizzò: perché c'era una perversione profonda e decisamente autentica nella cosiddetta arte moderna, la quale per sua natura faceva appello a quanto c'era di pessimistico, qualunquista e reazionario al mondo.

Harriet non stette a discutere, perché lo aveva portato alla mostra appositamente per svezzarlo dai ridicoli orrori d'accademia che aveva visto nel suo appartamento di Mount Street. Ma ora si rendeva conto che per fare breccia avrebbe dovuto cominciare da qualcosa di molto più accessibile – Manet, o magari un artista ancora più semplice, come Goya. Per la prima volta ebbe la soddisfazione di sentirsi capace di insegnare qualcosa a Desmond, invece che viceversa come al solito.

Nel tragitto in taxi verso lo stucchevole Grand Gothic

Hotel dove avrebbero soggiornato Harriet lamentò un lieve mal di stomaco. Il dolore peggiorò rapidamente e quando arrivarono in camera era piangente e piegata in due. Desmond, pallido per l'ansia, chiamò il direttore chiedendo di indicargli il miglior medico di Berna. Tardarono a rintracciarlo e Desmond, con le labbra tirate in un'espressione quasi crudele, ringhiò al telefono che si trattava di un'emergenza e che avrebbe considerato responsabile la direzione per ogni ulteriore ritardo. Non appena il medico venne convocato Desmond si rese conto di quanto l'angoscia gli avesse annebbiato il cervello. Era ovvio che un direttore d'albergo svizzero non poteva conoscere il miglior medico della città. Compose per l'ennesima volta in fretta e furia il numero della reception, pretese di essere messo subito in comunicazione con il consolato britannico e, reclutato un secondo medico di nome Perkins, chiamò la cameriera e fece portare in camera tre boule di acqua bollente.

All'arrivo del primo medico l'agonia di Harriet pareva essersi un po' placata. Quello la visitò attentamente, palpandola con scrupolo per escludere un'appendicite, auscultandola con lo stetoscopio, misurandole la febbre e tastandole il polso. Quell'estate gli erano capitati altri pazienti inglesi e, seduto su una poltrona accanto al letto, le domandò in tono pacato:

«Quante paste alla crema ha mangiato con il tè?»

«Sette» rispose Harriet con voce fioca.

Il medico versò una polvere effervescente in un bicchiere d'acqua fredda e, mentre Harriet beveva, arrivò trafelato il dottor Perkins. Il collega svizzero lo prese da parte e rimasero a parlottare, dopodiché Harriet venne visitata accuratamente una seconda volta.

I due medici se ne andarono insieme, ridendo tra loro sull'ascensore che li portava al pianterreno.

Al mattino Harriet si svegliò poco dopo le otto, sentendosi perfettamente in forma e molto in colpa. A colazione Desmond le fece bere caffè nero e le vietò porridge e panna.

«Dieta leggera per quarantotto ore» dichiarò.

Sul treno per Lugano parlarono della Conferenza di Parigi e dei russi. Desmond le spiegò perché fosse necessario che Trieste passasse sotto il governo iugoslavo e le Nazioni Unite sanzionassero gli Stati Uniti per avere armato e incoraggiato le truppe fasciste di Chiang Khai-shek.

«Con i russi che riforniscono di armi il fronte opposto, il futuro sembra grigio per quegli sventurati cinesi» disse Harriet. «Combattono come mercenari coinvolti in una guerra tra America e Russia.»

«Le cose non stanno proprio così» disse Desmond, con il tono paziente di un maestro di scuola. «I rivoluzionari cinesi vantano un passato eroico che risale a Sun Yat-sen nel 1912.»

«Quante cose sai» disse Harriet, ammirata. «Resta il fatto che i russi sono una barba.»

«Da certi punti di vista, l'Unione Sovietica è la nazione più grande del mondo» disse Desmond con un sorrisetto serio.

Raggiunsero Lugano quella sera e trovarono deliziosi la sua architettura in stile italiano e il sole cocente. Dopo qualche giorno di bagni e serate trascorse a ballare, a cena, al cinema e a teatro, decisero di trasferirsi in un paesino sul lago, a una decina di chilometri di distanza.

La pensioncina dove si trattennero per il resto della luna di miele era affrescata di rosa pallido con persiane blu acceso. Le porte-finestra della stanza affacciavano su un giardino fiorito, ben curato e dai colori sgargianti, che terminava con una balaustra di pietra e una gradinata che scendeva fino alla spiaggia. Andavano a nuotare ogni mattina e poi facevano colazione in giardino, con caffè e brioche calde; pescavano con la lenza, infilando sull'amo un pezzetto di formaggio per esca, leggevano e parlavano di tutto.

Harriet era strabiliata dalla cultura di Desmond in fatto di astronomia e storia politica, e lo amava ogni giorno di più. A volte, dopo essere andati a letto, si scioglievano dall'abbraccio all'una o alle due del mattino, si alzavano, attraversavano di corsa il giardino, senza pigiama, e si tuffavano nel lago placido e tiepido, nuotando nell'acqua scura e sollevando gocce e spruzzi argentati dalla luna. Si avventuravano al largo e restavano a galleggiare sul dorso, e Desmond le indicava costellazioni e pianeti, dicendone il nome e la distanza, parlando di anni-luce e degli immensi spazi siderali dell'universo in espansione. Con la pelle d'oca tornavano in camera ad asciugarsi a vicenda, si rannicchiavano a letto e facevano di nuovo l'amore.

I quotidiani inglesi arrivavano per posta con un giorno di ritardo e loro li leggevano sempre a pranzo. Harriet si interrogava sul carattere complicato di Desmond: era ferratissimo in politica e si teneva al corrente con assoluta concentrazione, eppure non sembrava nutrire altro che disprezzo per i partiti e i loro rappresentanti, nessuno escluso. Giudicava persino Churchill un pericoloso ubriacone guerrafondaio, e quando Harriet gli aveva domandato un parere su Anthony Eden, lui lo aveva liquidato definendolo un dozzinale sicofante. E tuttavia sembrava riservare il suo scherno più impetuoso per il partito laburista, e per Bevin in particolare. Harriet era perplessa, ma alla fine decise che non era poi tanto inconsueto che un militare di carriera disprezzasse in blocco politica e politicanti. Ma allora, le venne da chiedersi, perché interessarsi con tanto fervore dell'argomento?

Originariamente avevano programmato di fermarsi a Morcote solo una settimana, ma i giorni volarono tanto in fretta che finirono per trattenersi fin quasi al termine della licenza di Desmond. Alla vigilia del lungo viaggio di ritorno a Londra decisero di trascorrere la loro ultima serata al casinò italiano di Campione, sull'altra sponda del lago. Noleggiarono una barca a motore ed entrarono nel molo privato, con una sterzata teatrale, poco dopo le dieci.

Dovunque si vedevano più persone di servizio, addobbate in eleganti pantaloni al ginocchio, che clienti. Nella sala della roulette ogni tavolo era circondato da otto croupier, che si tenevano d'occhio l'un l'altro. Un avviso vietava ai cittadini italiani e ai soldati dell'esercito alleato l'ingresso alle sale da gioco e Desmond, malgrado lo smoking, rischiò di essere fermato all'ingresso quando i funzionari videro dai documenti che era un ufficiale; ma rimasero intimiditi dalla sua altera sicurezza e dalla sua tenuta, e al braccio di Harriet entrò senza esitazioni. Con la mantella corta di visone e la gonna lunga di seta a fiori, lei si sentiva elegantissima. Cambiarono dieci sterline in *fiches* rosse, verdi e gialle e persero tutto nel giro di mezz'ora. Vagarono per il vasto edificio semivuoto e sulla terrazza dove si ballava lo swing con l'accompagnamento di un'orchestra. Danzarono e bevvero fino a ritrovarsi un po' brilli, con la ridarella e i volti lucidi e arrossati, e poi d'impulso Harriet pretese altre cinque sterline da giocare.

Desmond era riuscito chissà come ad aggirare le restrizioni all'esportazione di valuta, e aveva a disposizione una somma ben superiore alle settantacinque sterline che avrebbero potuto spendere per legge. Ma era questione di principio, disse, non gli andava di farsi derubare. Rammentò a Harriet che avevano visto il capo croupier scommettere sfacciatamente e sotto gli occhi di tutti. Era come vedere un fantino puntare su una corsa. L'atmosfera del luogo trasudava corruzione, e lui non vedeva proprio il motivo di finanziare oltre la truffa prediletta del defunto Mussolini.

«Soldi» disse Harriet, tendendo la mano «soldi soldi soldi.»

Lo cinse affettuosamente con un braccio, dicendogli quant'era bello, gli infilò furtivamente una mano nella tasca della giacca e gli sfilò il portafogli. Ne tolse un centinaio di franchi svizzeri e salì saltellando le scale diretta alla sala della roulette. Desmond sorrise e rimase a guardarla, ammirandone le spalle sottili e pensando all'invidia velenosa, intollerabile, che avrebbe provato se non fosse appartenuta a lui. Non vedeva l'ora di ritrovarsi solo in camera con lei e procrastinò deliberatamente il piacere di rincorrerla, sfiorarla delicatamente, inspirare il suo dolce e sensuale profumo di zibetto mentre lei giocava.

Fu riscosso improvvisamente dallo scenografico lampo bianco di un fulmine e dal rombo di un tuono, e pensò con ansia a quanto sarebbe stato sgradevole lasciarsi sorprendere da un temporale nel bel mezzo del lago, senza riparo sulla barchetta a motore.

Si affrettò a raggiungere Harriet.

A occhi sgranati, lei seguiva assorta il percorso della minuscola pallina. Aveva perso tre volte e le *fiches* delle ultime due sterline rimaste erano tutte sul rosso. Strinse i pugni, e uscì il rosso. Lasciò puntata e vincita dov'erano, e il rosso uscì di nuovo.

Desmond la interruppe, sollecitandola a sbrigarsi per evitare il temporale, e Harriet non ebbe il tempo di recuperare le *fiches* prima che la ruota girasse di nuovo. Restarono là, e il rosso vinse ancora, e a quel punto Harriet, resa spavalda dall'euforia, si chinò sul tavolo e spostò tutto sul nero.

Vinse il nero. Corsero a cambiare le *fiches*, incassando l'equivalente di trentadue sterline in franchi svizzeri, e si precipitarono fuori tra tuoni assordanti, scendendo al molo e alla barca. Qua e là qualche gocciolone schizzava sull'acqua e, oltre l'orlatura sinistra delle montagne scure, il cielo era di un viola cupo. Alla luce dei lampi i loro volti apparivano verde smeraldo.

Il barcaiolo li stava aspettando e sfrecciarono via con un ruggito del motore, facendo a gara con la tempesta per attraversare il lago prima che scoppiasse. Onde sempre più minacciose si levavano davanti alla prua, inzuppandoli di spuma bianca mentre loro restavano in piedi, protesi in avanti, a testa alta, con i volti lucidi ed eccitati e i capelli fradici che svolazzavano all'indietro.

«Più veloce, più veloce, più veloce!» gridava Harriet con abbandono.

Arrivarono alla pensione zuppi fino al midollo, ma in anticipo sulla pioggia. Risero trionfanti e più tardi, quando, esausti, si coricarono, Harriet dichiarò che sbancare il casinò e sconfiggere gli elementi era stata la conclusione perfetta di una luna di miele inconcepibilmente bella.

4

Al loro ritorno a Londra, Desmond e Harriet trovarono la città noiosa e fredda, ma apprezzarono i confort moderni della casa di Sussex Square, all'incrocio con Bayswater Road, acquistata prima della partenza. Desmond aveva ereditato dal padre una rendita più che agiata e aveva dichiarato che, malgrado fosse contrario per principio ai capitali e ai redditi patrimoniali, la cosa più ragionevole da fare era investire quanto bastava di quell'iniquo profitto in una casa che fosse davvero confortevole.

Al pianterreno c'erano un grande salotto con una finestra a bovindo semicircolare, una sala da pranzo e la cucina. Il primo piano comprendeva tre camere da letto e un bagno, mentre l'ultimo si apriva su una grande stanza, destinata ai bambini, con altre quattro più che adatte ai domestici o ai bambini, più un bagno di servizio.

Una smunta cameriera di mezza età di nome Broadstone, che anni prima era stata a servizio della madre di Harriet salvo andarsene per un matrimonio rivelatosi sfortunato, venne insediata come cuoca e domestica tutto fare. Era affezionata a Harriet e trovò soddisfacenti salario e sistemazione; intendeva inoltre convincere la padrona di casa ad assumere un aiuto in cucina e, non appena ne avesse scovata una adatta, anche una donna che la mattina si occupasse delle pulizie; con il tempo, a suo avviso c'era spazio sufficiente per un personale residente di almeno tre persone, sotto la sua direzione. Le piaceva il soprannome «Broaders» che le aveva dato Desmond, e con Harriet era in confidenza da sempre. Aveva traslocato lì prima delle loro nozze, ed era decisa a mettere radici.

La casa era stata arredata con i mobili più semplici scelti dalla casa del padre di Desmond a Wexford. Il buffet e il tavolo da pranzo erano un po' troppo ingombranti, ma a Harriet piaceva vedere esposto l'enorme assortimento di argenteria e decanter, porcellane e cristalli del quale era entrata in possesso. Avevano trasferito là anche gran parte dell'arredo dall'appartamento di Desmond a Mount Street. In una rimessa a due minuti di strada trovò posto la Rolls-Royce, vetusta ma ancora perfettamente funzionante, che Desmond guidava dalla morte della madre.

Quell'agosto fu gelido e funestato dalla pioggia ma non riuscì a deprimerli, perché Desmond era felice di essere tornato al suo reggimento e Harriet troppo occupata a telefonare a tutti e fare acquisti per la casa per preoccuparsi del tempo. A dire la verità era una soddisfazione avere una scusa per accendere il fuoco nel caminetto della sala.

Una sera, poco dopo che si erano sistemati, all'ora di cena tornò il sole, con raggi cremisi che filtravano obliqui tra gli alberi del parco. Harriet disse che le era venuta voglia di fare una passeggiata a Kensington Gardens, e magari un giro in barca sul Serpentine. Rimase delusa quando Desmond disse che aveva già preso un impegno con qualcuno al suo club, irrigidendosi ulteriormente quando lei cercò di persuaderlo a invitare anche il suo ospite a Sussex Square. Considerato che suo marito era fuori tutto il giorno, protestò, aveva contato di vederlo almeno la sera.

«Soffro la tua mancanza, caro» disse.

Desmond fu irremovibile. Appena finito di cenare salì in camera a mettersi in borghese. Tornato in salotto, conversò con aria distratta e impaziente finché fu quasi buio e poi uscì a passo di marcia dicendo che sarebbe tornato verso l'una; inutile che Harriet lo aspettasse alzata.

Attraversò rapido il parco e a Piccadilly prese un taxi che lo condusse al Russell Hotel. Pagò la corsa, svoltò in fretta dietro un angolo e superato un arco prese al volo il primo tram che passava da Theobald's Road. Alla fermata successiva scese di nuovo e si diresse a un bagno pubblico dove indossò il vecchio impermeabile che aveva portato con sé.

Da principio, aveva trovato emozionanti tutti quegli espedienti, ma ormai aveva ripetuto quella routine troppe volte, e cominciava ad annoiarlo. Con un sospiro alzò il bavero dell'impermeabile e procedette a piedi lungo Gray's Inn Road fino alla stazione della metropolitana a Holborn: acquistò un biglietto per Aldgate e scese sulla banchina. All'arrivo del treno attese accanto alle porte automatiche fino all'ultimissimo secondo e poi balzò sul vagone proprio quando stavano per richiudersi. Scese a Bank e si inoltrò in un labirinto di sottopassaggi e uscite varie. Al momento opportuno fece un improvviso dietrofront, e camminò lungo diverse strade buie fino alla stazione di Mansion House. Da là tornò indietro a Charing Cross e poi prese un altro treno diretto a nord, fino a Camden Town.

Quando riemerse in superficie indossava il vecchio berretto che teneva nella tasca dell'impermeabile e un paio di occhiali di tartaruga. A ogni cambio di treno, prima di uscire aveva atteso fino all'ultimo istante. In Hampstead Road prese un autobus diretto al parco Hampstead Heath. Sedette in prima fila e si guardò alle spalle. Dopo di lui non era salito nessuno e dietro l'autobus non si vedevano taxi. Aveva fatto le cose per bene, pensò, impossibile che qualcuno fosse riuscito a pedinarlo. Quegli elaborati cambiamenti di metropolitana e autobus erano una scocciatura, ma si era sempre imposto di ricorrere ai taxi il meno possibile – c'era il rischio che i tassisti fossero malintenzionati o in combutta con la polizia, o entrambe le cose: meglio evitarli.

Al capolinea Desmond scese per primo e raggiunse a passi decisi il centro di Hampstead Heath, avvolto nell'oscurità. Si appiattì contro un tronco e attese cinque minuti per assicurarsi di essere assolutamente solo e attendere l'orario stabilito: poi si inoltrò tra cespugli e alberi fino a una staccionata, e ai cancelli di un giardino che confinava con il parco.

Uno dei cancelli era aperto: sgusciò nel giardino e si diresse senza esitazioni verso la casa. Le luci erano tutte spente. Senza fare rumore scese i sei gradini dell'ingresso e cercò a tentoni il campanello elettrico, premendo poi il pulsante secondo la sequenza convenuta – punto linea punto linea, linea linea punto. Un lieve ronzio era il segnale di risposta, al quale Desmond replicò a sua volta con tre squilli secchi.

La porta si aprì e lui entrò in un salotto pulito e arredato di tutto punto, nel seminterrato. Ad aspettarlo c'erano due russi, entrambi in un completo di serge blu scuro. Erano più giovani di Desmond. L'uno, nome in codice Mark, era basso e tarchiato, con i capelli corti e una faccia da pugile; l'altro, Alek, era piuttosto alto, aveva gli occhi a mandorla dei tartari, braccia lunghissime e mani enormi e ossute. Non sorrisero né aprirono bocca finché tutti e tre si furono accomodati sulle sedie rigide disposte intorno a un tavolo di mogano in stile vittoriano. Poi Alek rivolse uno sguardo a Desmond, e in un inglese compunto disse: «Attendiamo il suo rapporto».

Con precisione professionale Desmond riassunse il contenuto dei documenti che avvicinò all'uomo facendoli scorrere sul tavolo lucido. Solo uno era davvero importante, disse, cercando di tenere a bada l'orgoglio che gli trapelava dalla voce: era il sunto ufficiale e segreto del nuovo accordo di coordinamento militare angloamericano.

Alek prese i documenti e senza guardarli li infilò in una valigetta di pelle, che chiuse con una piccola chiave lucida. Poi Mark disse: «Tutto qui?».

Desmond aveva sempre ammirato la stringatezza efficiente dei suoi colleghi, ma quella sera gli parve villana, e se ne risentì.

«Sì, tutto qui» rispose, brusco.

«Ora vorremmo sapere» disse Mark, molto lentamente «chi e quando l'avrebbe autorizzata a sposarsi.»

Desmond si appoggiò alla spalliera della sedia, infilò una mano in tasca e fissò Mark dritto negli occhi. Da undici anni, pensò, fin da quando quei due portavano ancora i calzoni corti, egli svolgeva un compito ad altissimo rischio e responsabilità. Con il tono condiscendente di chi senta la propria pazienza messa a dura prova, disse: «Le mie istruzioni, naturalmente, sono di stabilire i dettagli delle mie attività in piena autonomia. Considerata la natura davvero unica delle mie informazioni, dei miei contatti e della mia esperienza, qualunque altra direttiva sarebbe fuori luogo».

Senza cambiare la sua espressione impassibile, Mark ribatté secco: «Perché ha cercato di tenere segrete le sue nozze?».

Desmond ricordò che all'estero gli agenti sovietici leggevano solo i giornali prescritti dal partito, e lo «Sketch», il «Tattler», «Vogue» e il «Times» non rientravano nel novero. Sorrise, ripensando alle foto a tutta pagina che lo ritraevano insieme a Harriet, corredate dalla esauriente descrizione di abiti e ospiti al ricevimento.

«Quando conoscerete un po' meglio i costumi del paese nel quale svolgete il vostro lavoro, vi renderete conto di quanto sia ridicola questa domanda» disse.

Gli occhi di Mark si strinsero in due fessure. Aveva stentato a seguire la frase un po' involuta, e questo aveva rafforzato la sua convinzione che Desmond si stesse comportando in modo evasivo.

«Possiamo concluderne» disse con tono minaccioso «che non ha nulla da aggiungere in sua discolpa?»

Desmond rammentò a se stesso che Mark era molto giovane, e nuovo dei servizi all'estero, non c'era nulla da guadagnare a polemizzare con lui.

«Decisamente» rispose, simulando un sorriso.

Si alzò, disse addio in russo e uscì passando dal giardino per tornare a Heath. Decise che doveva inoltrare al Direttore un rapporto negativo sull'idoneità di Mark a svolgere il compito che gli era stato assegnato. Era una fortuna, rifletté, che lui stesso fosse un tale veterano; una persona meno esperta si sarebbe sentita sotto accusa e sarebbe stata per sempre perduta alla causa.

Ripensò quasi con nostalgia al grasso vecchio Levchenko, con il suo naso semita, a cui aveva fatto rapporto fino al 1937. Ricordò le loro lunghe serate insieme, una volta portate a termine le consegne, a parlare del Comintern e della rivoluzione spagnola, disquisendo delle sottigliezze del materialismo dialettico. Con un vago senso di colpa si sorprese a pensare a quanto aveva imparato da quell'arguto ed erudito bolscevico della prima ora, e a quanto diversa da lui fosse quella nuova generazione di laconici giovani funzionari.

Guardò le anatre nere nello stagno illuminato dalla luna e si affrettò a raggiungere Highgate: represse in fretta la fitta di rimpianto che lo aveva colto al pensiero di come Levchenko, durante il suo processo a Mosca, si fosse rivelato un sabotatore fascista-troskysta e si costrinse a considerare che, con i tempi che correvano, era giocoforza selezionare tipi di poche parole per svolgere il ruolo di agenti all'estero. La scarsa comunicatività della nuova leva sovietica di stanza all'estero era senz'altro un vantaggio – ormai erano talmente numerosi che si rischiavano complicazioni politiche se, al loro ritorno in Unione Sovietica, avessero spensieratamente snocciolato alle rispettive cerchie di conoscenze i confort della vita oltre cortina. Chiunque non avesse una salda formazione nella teoria rivoluzionaria si sarebbe naturalmente lasciato irretire da cose irrilevanti come il cibo e gli abiti di cui godevano gli abitanti delle capitali estere. Desmond drizzò le spalle e prese a camminare a passi decisi: era una prassi decisamente saggia, rifletté, scegliere i funzionari diplomatici e gli operativi dei servizi, non malgrado, ma proprio in virtù di una riservatezza fuori dall'ordinario.

Sul treno per Waterloo Desmond pensò che quei giovani tutti d'un pezzo gli ricordavano i militanti dell'Esercito Repubblicano Irlandese incontrati da ragazzo nella casa di sua madre a Dublino. Durante le vacanze, due volte l'anno, suo padre gli dava il permesso di trascorrere due settimane con la madre eccentrica ed esuberante, e nel suo salotto aveva fatto la conoscenza di quella sua straordinaria cerchia di amicizie. Ricordò di quando, a diciassette anni, si era unito a uno dei loro plotoni clandestini, partecipando nei giorni festivi e la domenica alle loro noiose esercitazioni sotto la pioggia tra le colline incolte di Wicklow. Facevano prove di tiro con pesanti revolver d'ordinanza all'interno di un'enorme caserma abbandonata, costruita dagli inglesi nel diciottesimo secolo e rimasta a cadere a pezzi nell'isolamento di una valle deserta.

Sorrise tra sé e sé, ripensando al piacere che gli dava il contrasto tra quelle spedizioni e i tè eleganti organizzati da sua madre, durante i quali la rivolta veniva trattata con la deferenza solitamente riservata alla religione. Pensò all'amica di sua madre, Lady Mary Cardigan, con il suo abito di seta grigio pallido e lo scintillio verde degli anelli sulle dita candide. Si vergognò di se stesso, ricordando il disagio che aveva provato trovandosi in compagnia di giovani del popolo, infagottati nei trench, e quant'era invece piacevole ascoltare la colta conversazione di Mary Cardigan sulla teoria leninista dell'imperialismo e lasciarsi contagiare dal suo entusiasmo, che abbracciava non soltanto l'Irlanda, ma anche il successo dell'insurrezione russa. Era stata lei a introdurlo per prima al marxismo e all'idea di una rivoluzione non solo irlandese, ma internazionale. Desmond strinse le labbra ricordando quant'era stato eccitante, una volta tornato controvoglia dal padre ultraconservatore, alimentare in segreto quei pensieri e sentire la sua vocazione rinsaldarsi dentro di lui.

Attraversando a piedi il Waterloo Bridge, Desmond pensò al caso e alle coincidenze. Nel complesso, riteneva non fosse stato un caso l'avere deciso, poco dopo il diploma all'accademia di Sandhurst, di iscriversi al partito. Certo, pensò, forse non l'avrebbe fatto se, quando il suo reggimento era stato inviato a Oxford per frequentare uno speciale corso di lingua, non avesse conosciuto un giovane docente con cui si era infervorato a parlare di socialismo e rivoluzione. Ma nemmeno questo sarebbe bastato senza le sue letture personali di Marx e Lenin. Anzi, lui e l'insegnante non sarebbero mai diventati amici se non avessero scoperto, poco alla volta, di condividere in privato le stesse convinzioni. Si erano lungamente studiati a vicenda, e solo dopo qualche mese Desmond si era sentito abbastanza a proprio agio da essere franco e da indurre l'amico a una presa di posizione più radicale. Ricordò che avevano deciso di iscriversi insieme al partito e poi superando diversi livelli, erano stati reclutati entrambi nei servizi.

Non poteva essere stato tutto una pura coincidenza, pensò, perché anche se non avesse incontrato quella particolare persona, prima o dopo si sarebbe imbattuto in qualcun altro che avrebbe sortito lo stesso effetto. Forse non sarebbe rimasto nell'esercito dato che, se non fosse stato per la precoce istruzione ricevuta da membri esperti del partito, avrebbe espresso le sue opinioni troppo apertamente, facendosi una reputazione da «rosso». Ma anche questo era improbabile, concluse, perché fin da principio si era reso conto che il suo valore per il movimento consisteva nell'essere un agente clandestino e non un propagandista pubblico. Ricordava di avere letto a vent'anni la tesi di Lenin sulla necessità di operare parallelamente nella legalità e nell'illegalità, e considerò che, vista la sua giovanile adesione all'Esercito Repubblicano Irlandese, era inevitabile che finisse per svolgere il suo ruolo attuale.

Raggiunse Marble Arch in taxi e poi da lì proseguì attraverso strade secondarie provando un senso di intima soddisfazione e di orgogliosa sicurezza: tutto stava procedendo nel migliore dei modi. Nell'Europa intera gli eventi muovevano inesorabili verso la presa di potere comunista: l'attuale situazione in Francia avrebbe portato senz'altro, e magari quell'anno stesso, alla vittoria della dittatura del proletariato, e con la Francia nell'orbita sovietica, l'evoluzione successiva in Inghilterra era obbligata: una campagna di denuncia dei guerrafondai reazionari britannici avrebbe condotto all'istituzione di un governo di collaborazione, il quale sarebbe stato soggetto a una pressione crescente e irresistibile – perché chiunque avesse tentato di opporsi si sarebbe trovato nella posizione obbligata di sostenere una nuova guerra mondiale.

Una campagna contro la guerra avrebbe fatto schierare le masse contro tutti i provocatori, e la pura necessità economica dei commerci con l'estero avrebbe reso inevitabile una rapida progressione di governo da una coalizione della sinistra, con una partecipazione minoritaria dei comunisti, a un gabinetto di soli comunisti, con l'esclusione di tutti i rappresentanti laburisti che non vantassero trascorsi affidabili di membri clandestini del partito. Desmond sapeva di essere uno degli attivisti militari più anziani e fidati del Movimento, e prevedeva che nel giro di pochi anni si sarebbe trovato quantomeno a capo dello Stato Maggiore Imperiale, forse persino ministro della Difesa.

Anzi, si rese conto che non esisteva carica al mondo alla quale un uomo della sua età, delle sue capacità e credenziali non potesse ragionevolmente aspirare. Attraversò Sussex Square provando il senso profondo di appartenere al futuro, parte solida e integrante di un movimento storico assolutamente inarrestabile. Trovava soddisfacente la rigorosa disciplina necessaria, e gratificante sentirsi apprezzato e approvato.

Dalle finestre del suo salotto guardò le enormi facciate grigie degli edifici vittoriani sull'altro lato della piazza: pensò alle famiglie ricche che ci avevano vissuto, e alle dozzine di domestici al loro servizio a quei tempi. Senza riscaldamento centralizzato, già tenere accesi gli enormi caminetti alimentati a carbone doveva richiedere come minimo due paggi preposti esclusivamente a quello. Pensò a quanto sarebbe parsa inconcepibile la sua situazione attuale ai facoltosi uomini d'affari che avevano abitato là. Contemplando la gigantesca dimora oltre gli alberi del giardino, con il colonnato intonacato di fronte, pensò al suo proprietario e a quanto doveva essersi sentito orgoglioso dello sfarzo che lo circondava – e al sicuro, ignaro del manipolo di sovversivi dispersi, perseguitati e pressoché impotenti i quali, a migliaia di chilometri di distanza, minavano dalle fondamenta la Russia imperiale e allevavano quelli che in futuro sarebbero diventati i dominatori dei suoi nipoti. Sorrise tra sé e sé al pensiero della famiglia imperiale e di gente come il maresciallo Tukacevski il quale, da giovane, era stato ufficiale del reggimento scelto delle guardie dello zar e anche, segretamente, un bolscevico. Con un respiro profondo si costrinse a rammentare a se stesso che Tukacevski, in seguito comandante supremo dell'Armata Rossa, era poi stato liquidato nelle famose purghe.

La spietatezza quasi sovrumana della Rivoluzione colmava Desmond di una reverenza al limite del religioso, e cementava e irrigidiva la sua dedizione alla causa.

Con un senso fisico di esultanza salì le scale, si spogliò in fretta e si infilò tra le lenzuola. Harriet si svegliò e lui la carezzò nel dormiveglia, mormorandole parole affettuose; poi con le gambe lei lo spinse dolcemente ma inesorabilmente verso la sponda del letto e lo mandò a prenderle un bicchiere d'acqua. Quando Desmond tornò dal bagno era sveglia come un grillo, con gli occhi spalancati e ridenti, e per un po' rimasero a scherzare e chiacchierare allegramente prima di addormentarsi.

La mattina dopo Desmond decise che era giunto il momento di dare seriamente inizio all'istruzione di Harriet. Tuttavia non riusciva a decidere da quale libro cominciare: *Il capitale* di Marx era ovviamente troppo complesso e

Le questioni del leninismo di Stalin era scritto, bisognava ammetterlo, in una prosa talmente sgradevole che l'avrebbe piuttosto alienata che conquistata alla causa. Qualunque testo meno autorevole di introduzione generale al socialismo rischiava di ottenere l'effetto contrario a quello desiderato – lei avrebbe potuto schierarsi con il partito laburista e diventare critica, in maniera più informata ma fuorviata, della dittatura del proletariato di marca russa. Forse poteva suggerirle qualche opera del decano di Canterbury sull'Unione Sovietica; ma non era sicuro che, per quanto rassicurante per il largo pubblico, la carica ecclesiastica dell'autore avrebbe favorevolmente colpito Harriet. E comunque, pensò, gli scritti del decano erano formulati in uno stile troppo blando per esercitare effetto alcuno su una mente semplice come quella di Harriet.

Desmond andò in macchina al presidio a St James's Palace e alla fine decise che sarebbe stato meglio, per il momento, non consigliarle alcun libro in particolare ma instradarla attentamente attraverso conversazioni su temi di attualità: nei mesi a venire avrebbe espresso in maniera sempre più esplicita le proprie vere convinzioni, preparando nel contempo il terreno con l'organizzazione di attività pratiche che aiutassero Harriet a toccare con mano il mondo che la circondava. Per esempio poteva cominciare ad abituarla ai pub e al tipo di persone che li frequentavano, poi proporle di assistere a una partita di calcio, fino a raggiungere gradatamente, un passo alla volta, il punto in cui poteva suggerire, senza che lei lo trovasse strano, la partecipazione a qualche conferenza o manifestazione di natura genuinamente rivoluzionaria.

Il piano gli parve soddisfacente e si disse che era decisamente meglio procedere in quel modo piuttosto che cominciare in maniera accademica con un impegnativo corso di letture: sorrise intenerito, ricordando il libro che Harriet si era portata in Svizzera e la sua deliziosa ingenuità nell'aver pensato di fargli piacere, sgobbando su un'edizione dozzinale di quel reazionario ciarpame freudiano.

Prima inaugurava il progetto e meglio era, pensò Desmond, e decise di cominciare quella sera stessa.

Desmond arrivò a casa alle sei e, bevuto un whisky con acqua, dichiarò che sarebbe stato interessante fare qualcosa di diverso dal solito; potevano cenare a Soho e andare a bere e ballare in un locale di Tottenham Court Road, dove l'ingresso costava uno scellino e ci si esibiva nel *jitterbug* più spettacolare d'Europa. Disse che era stufo del solito tran tran e che da anni era curioso di conoscere il *jitterbug* ma i suoi amici, con la sola eccezione di Harriet, gli erano sempre parsi poco propensi a qualunque cosa esulasse dalle forme più ovvie di intrattenimento.

Harriet accettò senza pensarci due volte: era troppo innamorata di Desmond per preoccuparsi minimamente di quello che facevano, purché fossero insieme.

Appena arrivati nel ristorante soffocante, rumoroso e costoso di Charlotte Street dove Desmond aveva prenotato un tavolo d'angolo, si videro virtualmente costretti a ordinare un aperitivo. Il tavolo che era stato riservato per loro era minuscolo, nel bel mezzo della sala e assediato su ogni lato da tutti gli altri, talmente vicini che le sedie si toccavano. Il frastuono assordante di stoviglie e avventori esagitava tutti, compresi gli incompetenti camerieri da tempo di guerra. Per scambiarsi anche il commento più generico bisognava sbraitare, e malgrado gli sforzi era impossibile sostenere una conversazione. Per tre sterline Desmond acquistò una bottiglia di normale rosso da tavola, importato in botti dall'Algeria. Entrambi ne apprezzarono il sapore rustico di patate, con un retrogusto di conservanti chimici, e si erano messi comodi a sorbire il caffè quando, prima ancora di avere il tempo di capire cosa stava succedendo, si ritrovarono in mano il conto e vennero sospinti in strada per fare posto a due nuovi clienti.

Finora, tutto bene, pensò Desmond; un assaggio della più cruda imprenditoria privata al massimo della sua rapacità non poteva guastare. Tenendo Harriet per un gomito, la fece svoltare in un vicolo malfamato. All'angolo c'era un pub aperto, ma Desmond proseguì in cerca di un bar. Disse che avrebbe preferito il primo, ma che era da esibizionisti per gente della loro estrazione farvi irruzione disturbandone i frequentatori abituali. La clientela di un bar era spesso più eterogenea, e due tipi come loro sarebbero risultati meno fuori luogo.

Harriet era stata nei pub di campagna, ma quella era la sua prima esperienza della versione londinese. Trovò interessanti le donne: su uno sgabello al bancone sedeva una creatura dall'aria malsana, con sudici abiti neri e decrepite scarpe di tela, una delle quali tenuta insieme dallo spago. Trangugiava doppi whisky che pagava sfilando da un rotolo unte banconote da una sterlina. Un'altra, in un vivace abito estivo, era accompagnata da un tipo attraente sulla quarantina: lui aveva l'aspetto di un contadino agiato, ma Harriet notò che ogni volta che ordinava un altro giro di birra, di soppiatto la donna gli infilava in mano un fiorino o mezza corona; il resto se lo intascava sempre lui e, quando ordinò di nuovo, tendeva già il palmo sotto il bancone, pronto a ricevere un'altra moneta.

Desmond non domandò a Harriet cosa volesse bere. Ordinò del gin.

Si sistemarono in un angolo, in piedi accanto al flipper.

Desmond le spiegò le regole e inserì un penny nella fessura: da principio giocò con attenzione, ma poi si lasciò trascinare e colpì con troppa forza l'ultima delle cinque palline, che rimbalzò sui respingenti e ridiscese a zig-zag senza segnare punti.

«Comunque, ventimila non è male come punteggio» commentò lui.

Harriet ne segnò venticinquemila. Desmond si concentrò con tutto se stesso e riuscì a cumulare un vantaggio di duemila; lei lo superò, segnandone trentaquattromila, e si aggiudicò il premio di cinque caramelle stantie in una busta lurida. Desmond fu ancora più entusiasta di Harriet, ma era deciso a rimettersi in pari e impugnò le manopole con la delicatezza di uno scassinatore esperto alle prese con la combinazione di una cassaforte. Tenevano entrambi gli occhi puntati sulle luci del flipper, seguendo con trepidazione ogni scarto, svolta e rimbalzo della pallina levigata.

Desmond non ebbe fortuna e perse di nuovo – e incassò sconfitte anche nelle partite successive, per tutta l'ora che si trattennero a giocare. Era al tempo stesso fiero ed eccitato alla vista di Harriet così capace e vincente, e rise di se stesso scoprendo di ammirarla e rispettarla più di prima. Giocando avevano bevuto una serie di bicchierini di gin, e quando il locale chiuse e furono costretti a uscire nessuno dei due provò la minima delusione rendendosi conto che si era fatto troppo tardi per andare a ballare.

Harriet apprezzava la fermezza con la quale, tenendola per un gomito, Desmond la guidava per le strade, e le piacque la lunga camminata sotto la pioggia lungo Oxford Street. Non parlarono molto, ma erano felici e si sentivano a proprio agio l'uno con l'altra.

Quella mattina, Mark e Alek si erano presentati alla sede del Bureau a Kensington. Quando il vicedirettore entrò nella sala spoglia all'ultimo piano della magione vittoriana, i due giovani funzionari scattarono pretenziosamente sull'attenti. Il vicedirettore si accomodò, diede loro il permesso di sedersi, e poi ordinò che facessero rapporto.

Alek fu succinto: disse che Lightfoot non aveva offerto spiegazioni per aver mantenuto il segreto sulle sue nozze, e che il suo atteggiamento era stato insoddisfacente. Il vicedirettore, un uomo di mezza età con le guance grasse e gli occhialini rotondi, consultò le proprie carte e dichiarò che era necessario comprendere il retroscena del caso.

Desmond Lightfoot, di origini aristocratiche, era stato attirato nei servizi da «John», un agente fidato di Oxford che aveva operato fin da principio in base alle istruzioni del Bureau. «John» era stato tra i membri fondatori del partito inglese e aveva sempre lavorato sotto copertura. In occasione di un corso speciale di lingua russa che il ministero della Guerra aveva organizzato a Oxford per i giovani ufficiali, «John» aveva segnalato Lightfoot come candidato promettente – in virtù dei suoi contatti con le attività clandestine del movimento repubblicano irlandese. Il Bureau di allora aveva intimato la massima cautela e «John» aveva ricevuto l'ordine di conquistarsi, molto gradatamente, la fiducia di Lightfoot mediante attività sociali e conversazioni confidenziali.

Il vicedirettore sfogliò qualche pagina e sbatté le palpebre, scrutando il rapporto dalle sue lenti spesse. Alzò lo sguardo e disse: «Leggo qui che trascorsero ben undici mesi dall'abboccamento iniziale, prima che «John» si sentisse abbastanza sicuro da dichiararsi esplicitamente in favore della rivoluzione proletaria, e dovette passare un altro anno prima che giudicasse Lightfoot politicamente maturo al punto da poter essere attirato nel partito. Il Bureau diede a «John» istruzioni di trovare il modo affinché fosse Lightfoot stesso a prendere l'iniziativa di suggerire che si iscrivessero entrambi. La questione venne gestita con competenza, e immagino che a tutt'oggi» aggiunse con un sorrisetto «Lightfoot sia del tutto ignaro della lunga e meticolosa pianificazione che precedette il suo reclutamento».

«Da allora» proseguì «Lightfoot ci ha fatto avere rapporti regolari e via via sempre più preziosi compreso quello trasmesso in data di ieri.» Il fatto che Lightfoot non si fosse presentato spontaneamente per il reclutamento, ma che vi fosse giunto mediante un piano accuratamente prestabilito dal Bureau ed eseguito da «John», riduceva la probabilità che egli fosse una spia o un provocatore infiltrato da Scotland Yard. Naturalmente, proseguì, sebbene tale circostanza andasse tenuta presente, essa non invalidava in alcun modo il principio basilare di tutto il loro lavoro a contatto con gli stranieri, e in particolare con quanti si professavano comunisti. Quel principio, rammentò loro, era che tutti gli stranieri andavano considerati *a priori* come agenti nemici, e giudicati non in base all'idea borghese di sondarne il carattere o le convinzioni politiche, ma esclusivamente – *esclusivamente* – alla qualità del lavoro che svolgevano.

Lasciò una pausa e tornò ad abbassare lo sguardo sui documenti che aveva davanti a sé, poi riprese a parlare, affermando che nel caso di Lightfoot il materiale fornito lungo un arco di anni si era rivelato sempre utile e, in confronto a quello, le attività di spionaggio che per principio si presumeva svolgesse per conto delle autorità inglesi risultavano irrilevanti. Alla peggio, disse, poteva condurre la polizia al seminterrato di Hampstead e all'arresto di Mark e Alek – il che, aggiunse con una risatina, sarebbe stata ben poca cosa in cambio anche solo di una minima parte delle informazioni che il Bureau aveva già ottenuto da lui.

Il vicedirettore si schiarì la voce e assunse un tono più grave e didattico. Era necessario, disse, fare una netta distinzione tra due tipi di agenti clandestini stranieri; c'erano quelli che conducevano le loro attività all'interno dei partiti laburista, liberale o altri, e il cui compito era di manifestare opinioni conformi alla linea dell'Unione Sovietica ma non troppo scopertamente in contraddizione con la politica dei partiti ai quali erano apparentemente affiliati. Nel caso dello spionaggio militare, la situazione era del tutto diversa: questi agenti non dovevano propagandare in alcun modo la linea del partito; la loro funzione era fornire informazioni.

Ecco dunque la sua decisione, disse il vicedirettore: Alek avrebbe istruito Lightfoot affinché la donna che aveva sposato restasse completamente all'oscuro delle sue attività e non nutrisse il benché minimo sospetto circa le sue opinioni politiche, per quanto moderatamente o obliquamente espresse. Da quel giorno in avanti doveva professarsi in ogni occasione (e soprattutto con la moglie) un fautore incrollabile delle convinzioni reazionarie e conservatrici ritenute appropriate per un ufficiale del corpo delle guardie.

Infine, concluse il vicedirettore, doveva ricordare a Mark che in qualità di rappresentante dell'NKVD non era affar suo rivolgersi direttamente a Lightfoot – quella era responsabilità di Alek, in quanto funzionario dell'intelligence militare. Il compito di Mark era vigilare affinché nessuna informazione, per quanto banale o già di pubblico dominio, venisse comunicata a Lightfoot; i loro inevitabili contatti con lui non comportavano alcuna conversazione su alcun tipo di argomento al di là dello stretto indispensabile.

I due funzionari scattarono sull'attenti mentre il vicedirettore usciva a passo di marcia.

5

Alla vigilia della prima cena organizzata in casa da Harriet, Desmond avrebbe dovuto essere di servizio in caserma, ma quella mattina ricevette la solita cartolina raffigurante la National Gallery, con l'indirizzo scritto a macchina, che era il segnale convenuto per una convocazione a Hampstead. A colazione fu di umore irritabile, perché gli era particolarmente difficile eludere gli impegni del reggimento. Prima della guerra faceva regolarmente rapporto una volta al mese, ed era riuscito senza problemi a organizzarsi per tempo; ma ora gli capitava a volte di ricevere due o tre cartoline alla settimana, costretto senz'altro preavviso a rendersi immediatamente disponibile al giovane Alek e al suo ombroso compagno.

E c'era la complicazione di dover inventare una giustificazione per le cartoline che Harriet vedeva sul tavolino in anticamera quando scendevano a fare colazione. Quando quella mattina lei gli domandò chi fosse il mittente e perché a parte l'indirizzo non scrivesse mai nulla, lui rispose che si trattava di una zia eccentrica, gliene spediva una ogni volta che visitava la pinacoteca.

«Ma perché sempre con la stessa veduta?» domandò Harriet.

«Te l'ho detto, è suonata» ringhiò Desmond.

Era la prima volta che le si rivolgeva in modo brusco, e quando uscì senza nemmeno finire il caffè a lei venne quasi da piangere. Strano, non era proprio da lui dimostrarsi tanto suscettibile sul conto di una parente anziana. Per un istante Harriet ebbe paura e si domandò se nella famiglia di Desmond, della quale aveva sentito raccontare storie curiose, corresse una vena di malattia mentale che i suoi figli avrebbero potuto ereditare. Poi mangiò un'altra fetta di pane tostato con la marmellata e rise di se stessa, per essersi lasciata prendere dall'isteria solo perché suo marito era stato un po' nervoso a colazione.

All'ora di pranzo Desmond le telefonò per scusarsi di essere stato sgarbato e disse che, diversamente dal previsto, sarebbe tornato per cena, uscendo tuttavia subito dopo. Harriet gli domandò quale fosse il vantaggio di essere un maggiore aiutante se non poteva liberarsi dagli impegni, e Desmond rispose che era proprio quello il punto: era più, e non meno difficile sbrogliarsi per un aiutante rispetto a chiunque altro.

«Non ti credo» rispose lei.

Desmond rise e riagganciò e Harriet andò dalla sarta a provare l'abito che avrebbe indossato a cena la sera dopo. Prese il tè con sua madre e si era già cambiata per aspettare Desmond quando lui rincasò verso le sette. Bevvero un aperitivo seduti davanti al caminetto del salotto e dopo una mezz'ora lui salì a fare il bagno e cambiarsi d'abito. Quando ridiscese, Harriet si sorprese di vedergli addosso gli stessi vecchi vestiti indossati tre sere prima. Credeva dovesse tornare in servizio, gli disse.

Desmond si rese conto di quant'era stato stupido da parte sua non prevedere che Harriet sarebbe stata curiosa di conoscere i suoi impegni e rimpianse di non avere escogitato in anticipo una scusa, risparmiandosi la necessità disagevole di improvvisare di volta in volta. Avrebbe dovuto architettare qualcosa che gli facesse da alibi permanente quand'era impegnato con gli incarichi di partito.

Si sentì in torto, costretto a riconoscere che Alek e Mark avevano avuto ragione a imputargli la gravità della sua decisione di sposarsi: non aveva previsto gli svantaggi di vivere con una persona che dava per scontato il diritto di interrogarlo su qualunque cosa, né che per stornare i sospetti lui stesso sarebbe stato costretto a riconoscerle quel diritto di essere al corrente di ogni aspetto della sua vita. Aveva creduto di potersi sempre appellare ai propri doveri militari e aveva trascurato il fatto che Harriet lo avrebbe automaticamente considerato fuori servizio quando non indossava l'uniforme.

Era un problema spinoso, e che per giunta andava risolto su due piedi. La difficoltà era che le sue visite a Hampstead richiedevano il favore del buio e quindi, d'estate, avvenivano necessariamente la sera tardi. Poteva raccontarle che andava a giocare a bridge al suo club, ma Harriet si sarebbe sempre sentita autorizzata a cercare di dissuaderlo per passare invece la serata con lei. Doveva farsi venire in mente qualcosa di più serio, qualcosa che lei si sentisse in dovere di incoraggiare. Harriet conosceva troppi altri ufficiali con le loro mogli perché non fosse rischioso inventarsi faccende relative al reggimento. Sarebbe stato un errore anche ricorrere ai suoi incarichi ufficiosi di segretario del generale, perché lei ne conosceva la moglie e presto o tardi lo avrebbe smascherato.

Si versò un altro bicchiere e, allungandosi sul divano, buttò là: «Ho promesso di incontrare Taplow».

«Chi è Taplow?»

«Un tale.»

«Come, un tale?»

«Era il mio attendente in Africa.»

«E io sono tua moglie a Bayswater. Perché preferirlo a me?»

«Taplow è saltato su una mina. Ha perso entrambe le gambe. Giochiamo a carte» disse Desmond.

Harriet si inginocchiò sul pavimento accanto a lui, e gli prese la mano.

«Sei una persona meravigliosamente dolce» disse. «Quante altre segrete buone azioni mi nascondi?»

Desmond si alzò e si diresse alla finestra, restando a guardare gli alberi sulla piazza sempre più buia. Avvertiva il peso terribile dell'isolamento e, per un istante, prese in considerazione la possibilità di confidare a Harriet le proprie vere convinzioni e ambizioni. Ma comprese subito che si sarebbe trattato di una grave concessione all'individualismo, e che era invece suo dovere indottrinarla gradatamente e coinvolgerla deliberatamente nell'opera del partito solo quando fosse stato certo della sua conversione ideologica. Pensò di nuovo di avere commesso un grave errore, decidendo di sposarsi senza previa consultazione e apposite direttive dall'alto: era pentito di essere stato brusco con Mark, e pensò a quanta costante vigilanza fosse necessaria per evitare quei moventi soggettivi che erano la risultante del suo ambiente borghese. Si avvicinò di nuovo a Harriet, la fece alzare da terra, e disse: «Quella dolce sei tu. Il mio altruismo è di altra natura».

Poi cambiò argomento, chiacchierando dell'organizzazione per la cena dell'indomani.

Dopo mangiato Desmond intraprese il suo abituale percorso tortuoso per Hampstead. Harriet lo guardò allontanarsi pensando a quanto fosse straordinario l'uomo che aveva sposato, e domandandosi perché si ostinasse a mascherare un'indole tanto generosa dietro una facciata di durezza. Sospirò e concluse che doveva dipendere dalla sua infanzia infelice e dal fatto di avere genitori separati. Era appagante sapersi l'unica persona al mondo in grado di capirlo e di sciogliere, con il tempo, le sue difese, di farlo uscire dal guscio.

Sedette allo scrittoio per sbrigare la corrispondenza e si chiese perché non includere una missiva per la signora Taplow. Era tradizione del reggimento di Desmond che le consorti dei comandanti di plotone inviassero un biglietto amichevole, circa una volta al mese, a quelle dei soldati sotto il comando del proprio; e la moglie del maggiore aiutante era sempre tenuta a interessarsi di qualche caso speciale. Ovviamente, pensò, la moglie di Taplow, sempre che ne avesse una, rientrava nelle sue responsabilità: doveva ricordarsi di chiedere delucidazioni a Desmond.

Rimase a scrivere per un po' e poi sedette accanto al fuoco ad ascoltare la radio. Alle undici e mezza salì a prendere delle calze da rammendare, decisa ad attendere alzata il ritorno di Desmond. Aggiunse un po' di carbone al caminetto, ravvivò le braci e cominciò a pensare alla cena, e a preoccuparsi che la donna assunta per dare una mano in cucina non si presentasse come convenuto: la servitù era talmente inaffidabile. Poi d'un tratto fu colta dal panico, al timore che le due anatre comprate per l'arrosto non bastassero per otto – e tuttavia servirne tre sarebbe parsa un'ostentazione. Forse, calcolò, potevano tenerne una extra di riserva, in cucina, casomai gli ospiti avessero ancora appetito: se fosse avanzata, l'avrebbe servita fredda a pranzo il giorno dopo. Risolse di chiamare un taxi la mattina presto e passare in rassegna i negozi finché non avesse trovato un'altra anatra, e sorrise tra sé e sé al pensiero di quanto suo marito, sempre così giudizioso, avrebbe elogiato la sua lungimiranza.

Poco dopo la mezzanotte Desmond entrò in salotto e si versò una dose abbondante di whisky con acqua. Non fu contento di trovare Harriet ancora sveglia perché preferiva che lei non sapesse esattamente a che ora rincasava. Si sentiva a disagio e trangugiò il bicchiere in un sorso, versandosene subito un altro, e parecchio più carico del precedente. Era rimasto sconcertato dalla sbrigatività con la quale Alek gli aveva ordinato di professare, in pubblico e in privato, opinioni rigorosamente conservatrici, e la delusione era aggravata dall'intima consapevolezza di dover rinunciare al progetto di convertire Harriet alla propria fede politica; e di potere essere, prima o poi, totalmente sincero con lei.

«Hai sete, si direbbe» disse Harriet.

«La signora Taplow ha servito pesce e patatine fritte.»

«Ah, ma è sposato, dunque!»

«Sempre che non viva nel peccato.»

Harriet sorrise, e disse: «Non credi che dovrei scriverle?».

Desmond, ora al suo terzo whisky, non comprese subito che cosa intendesse dire. Assunse un'espressione perplessa, e poi esclamò con veemenza: «No, assolutamente no. Hai già abbastanza corrispondenti per le mani».

«Sono sicura che le farebbe piacere – e anch'io mi sentirei meno esclusa quando sgusci via per le tue rutilanti serate a base di partite a carte e patatine fritte.»

Desmond fu felice di constatare che era riuscito a darle l'impressione che gli appuntamenti con Taplow si sarebbero ripetuti con regolarità, e tuttavia era un peccato, pensò, essere «sgusciato via» agli occhi di Harriet. Il sesto senso di lei costituiva al tempo stesso un vantaggio e un rischio; una cosa sulla quale in futuro doveva stare in guardia. Si versò dell'altro whisky ma lo lasciò sul tavolo quando Harriet disse che non le andava di dormire subito e blandendolo lo condusse a letto. Le sue carezze lo lasciarono scioccato ed eccitato, ma poi gli fu di conforto pensare che, almeno dal punto di vista fisico, lui e Harriet potevano essere perfettamente franchi e in assoluta confidenza.

La sera dopo, a cena, la conversazione verteva sul caso di un pilota della RAF di nome Heath, condannato per due omicidi raccapriccianti e particolarmente sadici. Viste le istruzioni del Bureau di professare opinioni destrorse, Desmond dichiarò che l'episodio dimostrava l'inefficacia della prassi moderna di selezionare gli ufficiali solo in base ai meriti tecnici, trascurando i criteri più tradizionali relativi alla personalità e alla famiglia d'origine. Heath aveva disertato dalla RAF, ma nel giro di pochi mesi era stato inviato in Sud Africa per venire infine reintegrato in aviazione. Senza dubbio, disse Desmond, le tare del suo carattere sarebbero risultate lampanti agli occhi di chiunque lo conoscesse di persona. Era la prova di quanto fosse preziosa l'antica consuetudine di «collocare» ogni nuova conoscenza: essere al corrente delle parentele, o conoscere i compagni di scuola di qualcuno, era un ottimo filtro per sapere con chi avevi a che fare, e smascherare gli impostori.

Robin Spraggon, un sottufficiale seduto accanto a Harriet, scandalizzò i presenti affermando che a suo avviso l'aspetto interessante era il fatto che ci fosse un po' di Heath in tutti loro, lui compreso. Desmond e Caroline lo contestarono e seguì un acceso dibattito, troncato infine dal colonnello Hammerton che, con un'occhiataccia a Spraggon, dichiarò che poteva anche avere ragione, ma comunque quello non era un tema adatto per fare conversazione né per venire citato in buona società.

Dopo quella rampogna Harriet fu troppo occupata dallo sforzo di trovare qualcosa di pacificante da dire per notare che Robin non ne era rimasto minimamente toccato. Non le venne in mente nulla, così si limitò a sorridergli seducente e a cambiare argomento, domandandogli un parere sulla navicella spaziale esposta alla fiera dell'industria inglese. Robin disse che il signor Lorimer (il fabbricante di armamenti che Desmond e Harriet avevano conosciuto sullo yacht a Parigi) ne sapeva più di lui: gli cedette dunque la parola, chiedendogli se l'avesse già vista.

Hugh Lorimer disse che l'oggetto in mostra non andava preso sul serio, ma che l'idea era perfettamente fattibile, per quanto intraprendere la ricerca necessaria avrebbe richiesto un investimento gravoso per qualsiasi azienda. Tuttavia, visto l'attuale clima socialista, disse, non erano da escludersi sovvenzioni governative.

Lady Withersby, con i denti sporgenti e sfolgorante di diamanti, ribatté asciutta con un commento critico sul socialismo e la conversazione virò sulla politica in generale. Desmond disse che l'idea del partito laburista di sacrificare le esigenze odierne della popolazione in favore degli ipotetici interessi dei nipoti a venire era ridicola, e miope. Ovviamente, disse, una volta accettato il principio di subordinare il presente al futuro la conclusione logica era che tutti dovessero immediatamente diventare membri non del cavilloso, ottuso partito socialista, bensì dell'Agenzia Spaziale.

«Perché?» domandò Harriet.

«Perché resta solo un tempo limitato prima che il sole esploda e riduca tutti i pianeti ai loro atomi costitutivi» replicò con un tono teatralmente grave. «Prima cominciamo a cercare un modo per abbandonare questo sistema solare, e meglio sarà.»

«Assolutamente corretto» disse Lorimer.

«Quando accadrà?» chiese Harriet.

«Si sta parlando in linea di principio» disse Desmond. «La scadenza concreta è irrilevante.»

«Ma quando sarà?» insistette lei.

«Circa un milione di milioni di anni» rispose Desmond con indifferenza.

Passarono poi a parlare di Ernest Bevin e dei russi. Concordarono tutti che Bevin avesse dato miglior prova del previsto come ministro degli Esteri. Desmond lo lodò in particolare per essersi opposto con tanta decisione ai bolscevichi.

«Bisognerebbe assumere come postulato» disse «che qualunque cosa venga proposta dalla Russia sovietica sia sbagliata.»

«Ma tu non lo pensi davvero» obiettò d'un tratto Harriet.

Desmond si indispettì.

«Dobbiamo arginare l'espansione della Russia esattamente come abbiamo fatto con Hitler» disse stizzito.

Harriet si accorse di averlo contrariato e lasciò correre: e tuttavia era delusa da quell'inedita messinscena di piaggeria. Le tornarono alla mente le loro conversazioni in Svizzera, la sincera avversione di Desmond per Bevin e la sua politica, e pensò a quanto le era piaciuto, a Morcote, sentirgli dire che per molti versi i russi erano da ammirare, e che con loro era perfettamente possibile una convivenza pacifica. Ricordava distintamente quanto lui avesse deplorato le voci sempre più insistenti di un'altra guerra. Era certa che allora avesse parlato col cuore, ed era disorientata dai pareri manifestamente ipocriti espressi ora.

Al termine del pasto avevano bevuto tre bottiglie di vino bianco e Harriet cominciò a lambiccarsi sul dilemma se fare accomodare le signore in salotto dopo il primo bicchiere di porto, o se aspettare che il decanter facesse un secondo giro prima di invitarle ad alzarsi scambiando una tacita occhiata con Hester Withersby. Era certa che l'etichetta prevedesse una regola precisa in merito, ma non riusciva proprio a ricordarla.

La serata le era parsa un successo e doveva ammettere che Desmond era molto abile a mantenere viva la conversazione. Ma avrebbe preferito che non facesse affermazioni in contrasto con le convinzioni che gli conosceva – e che fosse meno brusco con lei quando esprimeva pareri che in realtà erano anche i suoi. Per due volte era stato quasi villano e Hammerton aveva distintamente alzato le sopracciglia.

Quando anche gli uomini raggiunsero le signore in salotto, gli ospiti si divisero in gruppetti e fu un sollievo per Harriet che Desmond si dedicasse a parlare solo di motori e di pesca finché tutti, salvo Lorimer, se ne furono andati. Poi lui gli offrì un whisky e tornò a parlare di politica. Harriet aveva accompagnato Spraggon alla porta e al suo ritorno sentì Desmond dire che anche solo suggerire che l'Italia dovesse rinunciare a Trieste, sia pure a un'amministrazione internazionale, era mostruoso.

D'un tratto provò una gran rabbia. Sul treno per Lugano Desmond aveva sostenuto esattamente la tesi opposta, ed era spregevole da parte sua fingersi schierato sull'altro fronte al solo scopo di blandire una conoscenza occasionale come Hugh Lorimer.

Quando furono soli, gli disse apertamente ciò che pensava.

«Credevo che non fossi interessata alla politica» disse Desmond. «Perché all'improvviso ti scaldi tanto?»

«Infatti non mi interessa, ma come posso amare una banderuola di marito che dice la prima cosa che gli passa per la testa solo per sviolinare qualcuno?»

«Tutto ciò che ho detto questa sera corrisponde pienamente alle mie convinzioni» rispose Desmond con tono monocorde e diligente.

«E prima no?»

«È lecito cambiare idea.»

«Non l'hai fatto solo per adularli?»

«Non ne ho nessun bisogno» ribatté lui, sdegnoso.

Harriet sapeva che era la verità, e si sentiva in dovere di credergli, e tuttavia provò una delusione ancora più cocente. Una delle cose che più le piacevano di lui era l'anticonformismo delle sue opinioni; certo, lei stessa raramente le aveva condivise, ma le piaceva che lui si distinguesse dal solito ufficiale in tempo di pace; e invece adesso, dopo la parentesi rilassante della vacanza svizzera, pareva regredito al più arido conservatorismo del militare di carriera.

Lanciò uno sguardo amareggiato all'acquarello ereditato da Mount Street e ora sistemato sopra il caminetto – il nudo mieloso di una donna dalla carnagione rosata, immersa fino alle caviglie in un'acqua vaporosa e colta nel gesto civettuolo di offrire all'osservatore una mela verde. Harriet aggrottò la fronte e pensò con disperazione al gusto ostinatamente atroce di lui in fatto di quadri. Si rese conto di non avere fatto alcun progresso nella sua rieducazione: al contrario, lui le aveva fatto gran prediche a riguardo, dandole l'impressione di tenere più a dimostrarle quanto fosse in torto che ad ascoltare ciò che *lei* aveva da dire. Ma chissà, pensò con un barlume di ottimismo, forse anche la pittura era un altro degli argomenti su cui aveva cambiato parere. Con un cenno della testa indicò il quadro, e disse: «Leziosa come sempre».

«Ti eri detta d'accordo che denotasse un'ottima scuola» rispose lui con fermezza.

Di umore polemico, per la prima volta dalle loro nozze

lei suggerì che per quella notte lui dormisse nello stanzino del suo guardaroba – era stanca, e non aveva davvero voglia di aspettare che finisse di sorbire il suo whisky, disse.

Dopo che Harriet fu salita in camera, Desmond sedette davanti al caminetto, ripassando mentalmente i suoi piani. Fu un sollievo trovarsi finalmente solo, ed era risentito delle occhiate critiche che Harriet gli aveva scoccato tutta la sera, ogni volta che se n'era uscito con un bell'affondo anti-sovietico. Sarebbe stata più restia del previsto alla nuova linea. A dire la verità, fino a quel momento Desmond aveva pensato che lei non avesse opinioni di sorta, e che non avrebbe badato affatto a quelle che esprimeva lui, dall'uno o dall'altro lato della barricata: ma ormai era evidente che avrebbe dovuto essere più cauto. Per un istante rimpianse quasi di essersi sposato: di certo rendeva tutto più complicato. Si ripeté ancora una volta che avrebbe fatto meglio a consultare il partito prima di mettere a repentaglio l'intero futuro di una missione così cruciale. Scolò due o tre bicchieri di whisky e poi salì a coricarsi nello stanzino.

Harriet dormì male e si svegliò alle sette senza più riuscire a prendere sonno. Aveva mal di testa e si alzò a cercare un flacone di aspirine in bagno: poi ricordò di averlo lasciato nella borsetta, rimasta in salotto quand'era salita in camera. Infilò la vestaglia e scese a prenderlo. Sullo zerbino davanti all'ingresso notò la posta del mattino. Tre delle lettere erano destinate a lei, e insieme al resto c'era un'altra cartolina da quella matta della zia di Desmond. Recuperata la sua borsetta, decise di preparare la teiera: per Broadstone sarebbe stato un piacere scendere in cucina e trovare il tè già pronto, e lei avrebbe potuto portare di persona la prima tazza a Desmond, di sopra.

Si sentiva già meglio quando sedette sul bordo del suo

letto a parlare di quale film andare a vedere quella sera. Ingollato il suo tè bollente, Desmond chiacchierò allegramente e poi, senza dar troppo peso alla cosa, si scusò di essere stato tanto irritabile la sera prima.

Harriet si vestì con calma e scese a colazione qualche minuto dopo di lui. Passando in anticamera voltò automaticamente lo sguardo verso le lettere sul tavolino, e aveva già la mano sulla porta della sala da pranzo quando si rese conto di non aver visto la cartolina notata poco prima. Fece ritorno al tavolino e ricontrollò attentamente. Le altre lettere per Desmond c'erano tutte, ma la cartolina di sua zia era sparita. Era strano, perché Desmond aveva imposto la regola tassativa che nessuno toccasse la sua corrispondenza e nemmeno ne prendesse nota, in attesa che lui se la infilasse in tasca al momento di uscire ogni mattina.

Harriet la considerava un'abitudine ottusa, perché così facendo non potevano parlare delle vicende dei loro corrispondenti a colazione; ma Desmond le aveva spiegato che preferiva concentrarsi sui giornali, e che tenere le lettere tutte insieme per poi sbrigarle in modo sistematico in fureria scongiurava il rischio di lasciarne qualcuna inevasa.

Appena prima di uscire Desmond disse di aver dimenticato un precedente impegno con Taplow per quella sera: era ancora mezzo addormentato quando le aveva detto di essere libero di andare al cinema.

Harriet trascorse metà mattinata facendo la fila per il pesce in una drogheria costosa di Piccadilly. Era di nuovo preoccupata, e se non fosse stato per il timore di perdere il posto in coda, avrebbe telefonato a Robin Spraggon per disdire il loro appuntamento a pranzo. Una volta comprato il pesce le sembrò troppo tardi per avvertirlo, e comunque a quel punto aveva cominciato a pensare che forse era un bene poter parlare di Desmond con qualcuno.

L'episodio della cartolina la tormentava: quando l'aveva vista quella mattina aveva avuto il presentimento irrazionale che fosse un brutto presagio, e che sarebbe saltato fuori Taplow o qualcosa del genere, e non appena lo aveva pensato si era chiesta se in effetti Taplow e le cartoline non fossero in qualche modo collegati. Ricordò che di norma Desmond era perfettamente sveglio e socievole dopo il suo primo tè, e che quella mattina le era parso identico al solito. Aveva accennato a Taplow solo dopo avere visto e nascosto la cartolina della zia. Non era affatto da lui vergognarsi dei parenti eccentrici: al contrario, ricordò, era più incline a vantarsene. Ma per quale motivo far sparire la cartolina, se non per evitare che lei la vedesse?

La borsa della spesa era pesante e Harriet non si sentiva di affrontare un viaggio in autobus, così uscita dal negozio cedette alla tentazione di un taxi. Chiese al conducente di aspettarla davanti a casa mentre entrava a riporre gli acquisti e a cambiare il cappello con qualcosa di più elegante per il pranzo.

Al ristorante accanto a Sloane Square, dove si erano dati appuntamento perché era comodo per Robin, si avvide con disappunto di essere arrivata per prima e venne informata che il suo ospite aveva trascurato di riservare un tavolo. Dovette aspettare in piedi, sentendosi tutto il tempo a disagio, finché, qualche minuto dopo, Robin entrò sorridendo, scusandosi per aver fatto tardi ma aggiungendo che d'altronde era quanto si meritava una donna sposata che prendeva appuntamenti con giovani scapoli.

Trovarono un tavolo e chiacchierarono amabilmente dei progetti di Robin per il futuro. Disse che suo padre gli aveva lasciato tre fattorie, amministrate dai fattori, e che intendeva stabilirsi a vivere in una di queste, occupandosene con agio e levandosi il capriccio di tornare a Londra ogni volta che ne aveva voglia. Con aria malinconica disse che gli serviva una moglie e domandò a Harriet se conoscesse una giovane adatta, più o meno della sua corporatura. Lei ne propose cinque, senza tuttavia citare Caroline, che la sera prima aveva visto appartarsi a parlare animatamente con lui. Robin ribatté che quattro delle candidate erano brave ragazze, ma brutte, e che la quinta era una combinazione davvero inedita di stolidità e perfidia

Al caffè, Harriet gli domandò se avesse frequentato Desmond in Africa.

«Non socialmente, come suol dirsi; ero sergente.»

«E il suo attendente, lo conoscevi socialmente?»

«Certo che sì; in teoria apparteneva al mio plotone.»

«È rimasto sempre lo stesso?»

«Sì. In quella professione il tasso di mortalità è piuttosto basso.»

«Andavano d'accordo?»

«Immagino di sì.»

«Ma certo non erano grandi amici?»

«Lasciamo stare i sentimentalismi: Husskinson è un bravo attendente, ma è un perfetto idiota.»

«Era Husskinson il suo attendente in Africa?»

«Sì. Perché ti interessa tanto?»

«Chi è Taplow?»

«Mai sentito nominare.»

«Gli attendenti di Desmond li hai conosciuti tutti?»

«Ha avuto solo Husskinson per l'intera durata della guerra.»

Harriet si sentiva sleale nei confronti di Desmond a fare tutte quelle domande, e tuttavia dietro quella faccenda c'era decisamente qualcosa di strano. Ma le pareva scorretto indagare così alle spalle di suo marito, e decise di chiedere direttamente a lui non appena quella sera fosse rincasato. Era troppo agitata per apprezzare la mostra che Robin propose di visitare dopo pranzo, e si schermì con la scusa di una commissione; doveva portare degli abiti in tintoria, disse.

Tornò a casa in autobus, prendendo una coincidenza a Marble Arch. In anticamera notò l'impermeabile sporco di Desmond e decise di metterlo insieme alla roba da lavare. Mentre svuotava le tasche trovò un paio di occhiali di tartaruga e un berretto logoro. Svagatamente, infilò gli occhiali e fu sorpresa di scoprire che le lenti erano semplici vetri trasparenti. Si sforzò di immaginare a cosa potessero servire, visto che per la miopia erano perfettamente inutili. Interrogandosi su quella stranezza preparò il pacco della tintoria, e infine giunse alla conclusione che gli occhiali dovevano essere un oggetto di scena rimasto da qualche rappresentazione amatoriale.

Andò in taxi al negozio e le venne detto che gli abiti sarebbero stati pronti tra due mesi. Conciati com'erano non si potevano certo indossare, pensò, tanto valeva lasciarli là. Tornò a piedi, lentamente, per ammazzare il tempo prima dell'arrivo di Desmond.

Harriet stava facendo il bagno quando lui rientrò poco prima delle sei. Spalancò la porta del bagno, e senza salutarla con il solito bacio le domandò bruscamente dove fosse il suo impermeabile. Lei si adagiò nella vasca, allungandosi languidamente, e spiegò di averlo portato in tintoria, brontolando che ci avrebbero impiegato due mesi.

A labbra strette, Desmond quasi sibilò che Harriet doveva telefonare subito al negozio e farsi restituire impermeabile e berretto prima di cena.

Lei perse la pazienza: gli lanciò un'enorme spugna zuppa in faccia e si alzò in piedi, rovesciandogli sull'uniforme un'ondata di acqua e schiuma. Con i muscoli contratti, Desmond avanzò di un passo e la afferrò per la vita, sollevandola di peso fuori dalla vasca. Poi, con determinazione, le torse il braccio destro dietro la schiena, e continuò a premere fino a strapparle uno strillo che lei temette fosse arrivato fino in cucina, e alle orecchie di Broadstone. A quel punto allentò appena la presa, e poi strinse di nuovo. Nel farlo, le disse a voce bassa che così il suo divieto di interferire con le sue faccende senza permesso le sarebbe entrato in testa per il futuro.

«Siamo intesi?» domandò, torcendole dolorosamente il braccio.

«Lasciami andare, porco!» esclamò lei.

Lui aumentò la pressione, e ripeté: «Intesi?».

Lei non rispose, e lui premette di nuovo.

«E va bene, siamo intesi» si rassegnò infine lei.

Desmond la lasciò andare e si stava asciugando l'uniforme con un telo quando lei lo colpì in faccia con il dorso di una spazzola. Il naso prese a sanguinargli, e lui lo tamponò con l'asciugamani insaponato. Restarono entrambi impalati, come per sfida, e Harriet cedette per prima: «Non volevo farti sanguinare il naso. Dovresti sdraiarti con la testa all'indietro».

Desmond le assestò una pacca un po' troppo energica sul sedere, uscì dal bagno e andò a mettersi sdraiato.

A cena fecero entrambi finta di niente. Harriet fu contenta che la presenza di Broadstone impedisse di accennare all'incidente in bagno. Desmond le chiese se si era divertita a pranzo con Spraggon e lei gli raccontò delle sue fattorie e dei suoi progetti per il futuro. Con nonchalance, mentre era intenta a spinare il pesce, disse: «Da quanto tempo conosci Taplow?».

«Da anni.»

«Dev'essere stata una consolazione poter contare su un attendente col quale andavi d'accordo.»

«Infatti.»

«Chi ha preso il suo posto in Italia, dopo il suo ferimento?»

«Un tale Husskinson.»

Desmond, impacciato, cambiò argomento e Harriet decise che avrebbe risolto il mistero lei stessa. Ma era infelice, perché si era resa conto che domandare a lui direttamente non serviva a niente: era evidente che avrebbe aggirato l'ostacolo, o mentito.

6

Nelle tre settimane seguenti Harriet osservò Desmond molto attentamente, senza cavare un ragno dal buco. Fece qualche cenno casuale a Taplow con i suoi commilitoni al reggimento, e nessuno di loro lo aveva mai sentito nominare. Cercò di scoprire dove abitasse ma Desmond rimase evasivo e, alle insistenze di lei, divenne scontroso e irritabile. Harriet era sempre più angosciata e cominciava a convincersi che solo scoprendo chi fosse quel misterioso attendente avrebbe potuto tornare a essere felice.

Due o tre volte rovistò nelle tasche di Desmond, sulla sua scrivania e nella cassettiera, senza trovare alcun indizio che lasciasse intravedere una soluzione all'enigma. L'unica cosa insolita che notò era l'abitudine di Desmond di nascondere, la notte, la valigetta chiusa a chiave in cui teneva i dispacci sullo scaffale più alto dell'armadio nel guardaroba. La sua spiegazione – il timore dei ladri – le parve ragionevole e non avrebbe indagato oltre se non avesse notato che, sebbene lui la tenesse abitualmente in caserma, sembrava sempre portarla a casa con sé nei giorni in cui aveva appuntamento con Taplow. Decise di scoprire che cosa contenesse.

L'opportunità si offrì una sera, al ritorno da una cena

con due ufficiali del reggimento e le loro mogli. Quel pomeriggio Desmond si era portato a casa la valigetta, e poco dopo le sei erano usciti insieme per partecipare a un cocktail prima di cena. Era stata una serata particolarmente allegra ed erano rincasati piuttosto brilli. In sala, Harriet prese la bottiglia del whisky, annunciando che le andava il bicchiere della staffa. Ne preparò uno piuttosto carico per Desmond e poi andò in bagno portandosi appresso il proprio – che rovesciò nel lavandino. Tornata in sala, convinse Desmond a berne un altro, riempiendolo fino all'orlo, e quando lui si assentò un momento dal salotto ne approfittò per versargli nel bicchiere anche il suo. Mentre lui beveva il suo quarto whisky liscio, lei sgattaiolò in cucina a prepararsi di soppiatto una tazza di caffè nero.

Salirono barcollando le scale e Desmond cominciò a russare quasi subito.

Non appena fu certa che dormisse profondamente, Harriet sgusciò piano fuori dal letto, andò nello stanzino del guardaroba e chiuse a chiave la porta. Dalla tasca di Desmond prese la chiave della valigetta, poi si arrampicò sulla sedia e la tirò giù dallo scaffale in alto. La aprì e la trovò vuota, tranne per tre fogli, scritti a mano nella calligrafia di Desmond.

Si sedette alla luce, e lesse:

> Con riferimento all'Istruzione NCK/193010/S/A del Bureau, relaziono quanto segue: In primo luogo, il mio ritardo nel produrre un rapporto dettagliato sul recente progetto per un coordinamento militare condiviso anglo-americano è dovuto alla malattia del generale per il quale svolgo saltuariamente la mansione ufficiosa di segretario privato. È da intendersi che ho accesso alle carte private di tale ufficiale esclusivamente in virtù della mia personale e stretta amicizia con lui e della sua approvazione della mia diligenza e ambi-

zione di soldato. Non potrei commettere errore più rischioso di quello di manifestare una curiosità eccessiva in merito a documenti strettamente riservati a membri dello Stato maggiore imperiale; e solo fintanto che il mio interesse apparirà generico, e accademico, come si confà a uno studioso di scienze militari, potrò continuare a conservare l'assoluta fiducia di tale ufficiale nella mia affidabilità e discrezione. Sono consapevole che per la sicurezza sovietica è di importanza vitale e impellente acquisire quanto prima i dettagli della strategia anglo-americana nel suo complesso, e garantisco che progredisco verso tale traguardo con tutta l'urgenza possibile entro i limiti della sicurezza.

In secondo luogo, con riferimento alla direttiva del Bureau in merito al mio matrimonio, confermo di professare adesso, sia in pubblico sia in privato, esclusivamente il conservatorismo più reazionario, e che la persona in questione è del tutto ignara del mio lavoro di intelligence e della mia adesione alla causa dell'Unione Sovietica e del partito. Inoltre, ho preso misure atte a garantire che la sua ignoranza resti tale e, considerati la sua giovane età e il suo analfabetismo politico, è da escludersi che nutra il minimo sospetto. Stando così le cose, è probabile che il matrimonio funga da ulteriore copertura al nostro lavoro, in quanto la donna in questione appartiene a una famiglia altolocata ed è da ogni punto di vista, nell'apparenza e nei modi, un tipico esempio di moglie di un ufficiale del corpo delle guardie. Riconosco e ammetto, tuttavia, la grave violazione della disciplina nella quale sono incorso trascurando di consultare il Bureau prima di impegnarmi in un matrimonio.

In terzo luogo, suggerisco che per il futuro i miei contatti avvengano secondo una cadenza più regolare, con minore assiduità e maggiore preavviso. La mancanza di queste condizioni compromette l'efficienza del mio lavoro.

Infine, suggerisco di mutare il segnale convenuto da quello consueto della cartolina vuota. La sua stranezza potrebbe attirare l'attenzione dell'Ufficio Postale.

Il rapporto terminava con la firma di Desmond.

Harriet rimase seduta sul letto a una piazza per dieci minuti. Non riusciva a ragionare in modo coerente, era troppo spaventata, impietrita e affranta. Dapprima cercò invano di trovare una spiegazione qualsiasi che gettasse una luce onorevole su quanto aveva appena letto, ma la sua mente era come paralizzata, e vuota.

Scese lentamente in cucina e si preparò un tè. Scossa dai brividi, sedette sulla rigida sedia di legno bianco a rileggere quell'orribile rapporto. Il tè caldo la rianimò, ma ancora non riusciva a pensare: tornò di sopra e si vestì, al buio, decidendo di schiarirsi le idee con una passeggiata a Kensington Gardens. La luna era alta ma le ombre degli alberi erano nere e inquietanti: dopo che ebbe camminato per cinque minuti le vennero in mente tutti quegli omicidi riportati in cronaca nera ogni mattina e, atterrita, si precipitò di nuovo verso Sussex Square. Un poliziotto le gridò dietro qualcosa, ma lei continuò a correre senza voltarsi.

Si spogliò e si infilò nel letto accanto a Desmond, facendolo voltare delicatamente su un fianco perché smettesse di russare. La tenne sveglia fino all'alba, ostinandosi a rimettersi di schiena e costringendola ogni volta a rigirarlo in una posizione meno rumorosa. Alle sette e mezza, quando Broadstone andò a svegliarli, dormivano entrambi.

Non appena aperti gli occhi Harriet si alzò, prese il rapporto dal tavolo nel guardaroba e rimase a guardare Desmond che si godeva il suo tè.

«Dovresti bere anche il mio» disse.

«È un tale piacere il tè, la mattina» disse lui.

Harriet gli lasciò bere anche la seconda tazza e poi, quasi in un sol fiato, disse: «Parlami di questa cosa che ho trovato nella tua valigetta e non venirmi a raccontare di

Taplow o della tua zia matta che tanto secondo me nemmeno esistono».

Gettò il fascicolo sul letto mentre lui sgranava gli occhi e poi stringeva bruscamente le labbra. Desmond lanciò un'occhiata al rapporto, quindi guardò fisso Harriet, come per indovinare se avesse capito quanto aveva letto. Decise di sì, e comprese che avrebbe dovuto inventarsi una spiegazione assolutamente definitiva e convincente nel giro di pochi secondi. Lasciarle nella mente anche il minimo dubbio o sospetto sarebbe stato fatale.

Si rese conto che tutto ciò per cui viveva dipendeva dalle parole che avrebbe pronunciato nel prossimo minuto. Non c'era tempo per riflettere, urgeva un colpo di genio: ogni secondo di silenzio aggravava ulteriormente la situazione, ma aveva mal di testa e ancora un po' di vertigini per tutto quel whisky. Sprecò tempo prezioso giurando a se stesso di rinunciare per sempre agli alcolici, poi cominciò a temere che ormai fosse troppo tardi. Infine, d'un tratto, pensò che ammettendo tutto apertamente forse poteva convincerla della necessità e correttezza del suo operato: provò quasi un moto di contentezza al pensiero di quanto sarebbe stato bello lavorare insieme a lei, invece che restare in quell'isolamento e in quella solitudine tanto desolanti. La guardò di nuovo ed ebbe la certezza che ogni scusa ormai fosse superflua; spontaneamente, gli salì un sorriso alle labbra, e disse: «Scimmietta curiosa che non sei altro».

«Voglio sapere di quelle carte.»

Lui le tese la mano e disse: «Vieni, siediti qui vicino a me. Si tratta di una questione molto importante».

«Puoi dirlo forte» replicò lei, ostile.

Lui si alzò, le si avvicinò e le disse, in tono pacato ma fermo, quasi avesse a che fare con una bambina: «Intendo parlarti seriamente. Voglio che mi ascolti senza distrarti, perché tutto il nostro matrimonio e il nostro amore reciproco dipenderanno dal fatto che tu capisca quanto sto per dirti».

Poi proseguì, parlando in tono sommesso e con assoluta sincerità: «Devi capire, cara Harriet, che al mondo esiste una realtà basilare e incontrovertibile, ovvero che la gente come noi ha un mucchio di soldi perché milioni di altre persone sono povere, malate e sfruttate. Non è affatto vero, come ci piace credere, che la nostra sia pura fortuna. Il fatto è che la stragrande maggioranza degli esseri umani a questo mondo vive sulla soglia dell'inedia affinché una minuscola minoranza possa vivere nel lusso. Io credo che questa sia un'ingiustizia e ritengo mio dovere fare qualcosa per cambiare le cose. Da solo, nessun singolo individuo potrebbe fare niente di efficace, e la soluzione più ovvia è unirsi a tutti coloro che la vedono allo stesso modo. Questo significa diventare una parte attiva del movimento mondiale ispirato e guidato dall'Unione Sovietica».

«Non so niente di politica» disse Harriet «ma so che mio marito è una spia e un traditore.»

«Queste non sono che parole sgradevoli» rispose Desmond pazientemente. «Sarebbe altrettanto vero affermare che sono un leale sostenitore del più grande esperimento sociale nella storia dell'umanità.»

«Se pensi sia sbagliato vivere nel lusso, come lo definisci tu, perché non dai via tutti i tuoi soldi?»

Desmond si lasciò sfuggire un sospiro impercettibile e gli venne quasi da chiedersi se il prossimo argomento sarebbe stato il sovvertimento dell'ordine naturale, oppure come mai, visto che la Russia gli piaceva tanto, non andava ad abitarci. Con un tocco di sufficienza nella voce spiegò che stava a lui rendersi utile al movimento secondo le sue possibilità, e che naturalmente era suo dovere vivere in modo adeguato al lavoro che stava svolgendo.

«Immagino ti trovino utile, eccome» ribatté Harriet con sarcasmo.

Desmond le prese la mano, le circondò le spalle con un braccio, e disse: «Cara Harriet, lo capisci, vero, che è questione di fede politica? Se sono nel giusto, e io ne sono certo, il mio è un comportamento perfettamente ragionevole».

«Detesto i tuoi subdoli sotterfugi.»

«Naturalmente, Harriet, non mi aspetto che tu cambi radicalmente atteggiamento politico nell'intervallo tra la sveglia e la colazione, ma certo riesci a comprendere che sto facendo quello che ritengo sia il mio dovere per il futuro dell'umanità.»

«Io non ho atteggiamenti politici di sorta.»

Desmond le spiegò che, al contrario, aveva eccome una visione politica generale, ovvero quella reazionaria che le era stata inculcata inconsciamente per tutta la vita.

«Non so che cosa fare» disse lei, sconsolata.

«Visto che non sai abbastanza delle questioni in gioco, non devi fare nulla.»

«Politicamente analfabeta, è così che mi hai definita, se non sbaglio.»

«Perché non stabiliamo» disse Desmond con dolcezza «di non fare nulla di precipitoso, e di riaffrontare insieme il problema da zero. Non posso pretendere di convincerti con una sola conversazione. Approfondiremo l'argomento con calma, ogni sera.»

«Che prospettiva agghiacciante» disse Harriet.

«Sei mia moglie» disse Desmond, con trasporto «e io voglio, ho bisogno che tu creda in me, e che mi prometta di non fare mai parola ad anima viva di tutto questo.»

Harriet cominciò a vestirsi; non aprì bocca.

Desmond la trattenne per le spalle e la guardò negli occhi: «Promettilo» disse.

Lei lo scrollò via, senza rispondere.

«Harriet, si tratta di una cosa della massima importanza; *devi* prometterlo.»

«Potresti torcermi un braccio, così una promessa me la strappi di sicuro» replicò lei.

Desmond si accorse che era scontrosa ma anche incerta, e decise che tutto considerato il meglio che poteva pretendere in un lasso tanto breve di tempo era insinuarle un dubbio nella mente. Quel risultato lo aveva raggiunto, e ritenne più saggio lasciarle digerire un po' la novità prima di tornare all'attacco. Era intelligente e non priva di un certo rudimentale altruismo, e lui confidava, con il tempo, nella propria capacità di persuasione: sarebbe riuscito, ne era certo, a stabilizzare la situazione in modo soddisfacente prima che si producessero danni seri.

Certo era positivo che Harriet lo avesse scoperto prima che lui avesse avuto il tempo di indottrinarla al più sfegatato dei conservatorismi: rise tra sé e sé ricordando che solo il giorno prima l'aveva persuasa a fare domanda di iscrizione al capitolo femminile del Carlton's Club. La situazione aveva una natura squisitamente dialettica perché, malgrado ponesse gravi rischi, poteva evolvere anche nella sua antitesi: c'era la possibilità che Harriet diventasse un'alleata preziosa.

Anche se, per il momento, pensò d'un tratto, restava da risolvere una questione decisamente delicata: «Sarebbe un errore coinvolgere tua madre in tutto questo, non credi?» disse.

«Non ne ho la minima intenzione» rispose lei.

Dopo colazione, Desmond uscì di casa con un'aria serena e quasi compiaciuta che lasciò Harriet esterrefatta. L'aveva salutata con un bacio come al solito, e le aveva detto con tono affettuoso: «Non agitarti, alla fine si risolverà tutto» come se avesse avuto un problema con la servitù, e la domestica li avesse piantati in asso.

Dalla finestra lo guardò allontanarsi in macchina e attese cinque minuti: poi telefonò a Caroline chiedendole di raggiungerla subito perché c'era qualcosa di tremendamente urgente di cui voleva parlarle.

Caroline arrivò verso le undici e sedettero insieme in salotto a bere il tè.

Harriet annunciò che aveva qualcosa da dirle, ma prima Caroline doveva giurare di non farne parola ad anima viva.

Caroline si avvide che Harriet era angosciata – più di quanto l'avesse mai vista in passato.

«Ma certo, cara, lo prometto» disse con dolcezza.

«È una faccenda della più assoluta gravità» insistette Harriet. «Mi giuri che manterrai la promessa?»

«Ma sì, naturalmente» disse Caroline con un filo di impazienza.

Harriet era quasi in lacrime.

«Sono terribilmente preoccupata e non posso dirti niente se non mi garantisci che, di qualunque cosa si tratti, non ne parlerai mai con nessuno» disse.

«Prometto di mantenere la promessa.»

«Anche se ti convincessi che sarebbe meglio non farlo?»

«Harriet, vuoi dirmi di cosa si tratta?»

«Non posso dirtelo se non posso fidarmi di te.»

Caroline si rese conto che Harriet aveva bisogno della sua comprensione, così giurò solennemente che qualunque fosse il segreto non ne avrebbe mai fatto parola con nessuno.

Quando Harriet l'ebbe messa a parte dell'accaduto, Caroline dichiarò che era troppo assurdo per essere vero; sua cugina doveva avere frainteso il rapporto.

«Il peggio è che non solo lui lo ammette, ma addirittura lo proclama con la più disgustosa ostentazione. Credo persino che potrebbe convincermi a schierarmi dalla sua parte.»

Caroline domandò dove fosse il rapporto e Harriet andò di sopra a cercarlo, ma Desmond lo aveva già portato via con sé.

«Avresti dovuto nasconderlo» disse Caroline.

Quando Harriet ebbe persuaso sua cugina che Desmond era una vera e propria spia, Caroline disse che doveva rifletterci. Camminò avanti e indietro per la stanza, poi prese il telefono e annullò un appuntamento dal parrucchiere. Aprì il «New Yorker» e scorse, sorridendo, qualcuna delle vignette, poi uscì su Bayswater Road a comprare le sigarette. Harriet ne approfittò per andare in cucina a dare a Broadstone disposizioni per la cena.

Al suo ritorno Caroline dichiarò che naturalmente sarebbe stato loro dovere andare dritte alla polizia.

«Ma» disse «tu sei sua moglie, e non puoi denunciarlo.»

«Lo so che non posso» disse Harriet. «E sarebbe un'infamia lavarmene le mani raccontando tutto a qualcun altro che vada a denunciarlo al posto mio» aggiunse poi. «Desmond è mio marito, e non voglio che finisca in prigione.»

«Deve darci la sua parola che rinuncerà all'intera faccenda.»

Concordarono che le attività clandestine di Desmond dovevano finire, ma che nessuna delle due lo avrebbe denunciato. Sedettero in silenzio per qualche minuto, e poi Caroline domandò: «Ma come sarà cominciata?».

«Dev'essere stato qualcosa a che fare con suo padre.»

«Perché?»

«Era nell'esercito. Un generale. Desmond lo odiava.»

«Molti figli non vanno d'accordo con il padre, e non per questo diventano spie.»

«Sua madre, invece, la idolatrava» disse Harriet con una punta di veleno.

«Sì, me la ricordo, era implicata con l'Abbey Theatre e tutta quella cricca.»

«Di certo nessuno può averla presa sul serio.»

«Magari Desmond sì» rispose Caroline, asciutta.

«Immagino tu abbia ragione» disse Harriet.

«Forse è contro gli inglesi perché stava dalla parte di sua madre» propose Caroline.

«Credo di sì. *Deve* esserci stato qualcosa di scatenante.»

«È buffo, a pensarci bene. Si stenta a credere che la realtà rispecchi in modo così pedestre le più trite dinamiche psicologiche.»

«Che una cosa sia banale non la rende necessariamente falsa.»

Harriet brancolava nel buio e si limitò a insistere che qualunque cosa lo avesse spinto, il tradimento di Desmond restava un fatto inequivocabile. Caroline aveva un impegno a pranzo e dovette lasciarla. Disse che sarebbe tornata la mattina seguente per sapere come aveva reagito Desmond.

Quando fu uscita, Harriet si sentì sola e avvilita. Aveva l'impressione di avere infranto quella mattina ogni lealtà nei confronti di suo marito, e discusso di lui senza il minimo affetto, ma in modo freddo e impietoso. Cominciò a piangere, rendendosi conto che mai più avrebbe provato per lui la venerazione e la fiducia di prima. La sua disperata infelicità era la stessa che avrebbe provato se Desmond le avesse detto che non l'amava più. Piangeva ancora quando il pranzo venne annunciato, e scoppiò in singhiozzi convulsi quando Broadstone le mise un braccio sulle spalle e disse: «Adesso basta, cocca, non te la prendere: ho preparato il pollo, se continui così si raffredda».

Non riuscì a mangiare e dopo avere piluccato un angolo di Camembert poco stagionato e bevuto un sorso di caffè, andò al cinema. Attese in coda sotto la pioggia per dieci minuti, poi entrò in sala proprio sul finale incomprensibile della pellicola. Il suo umore non fu sollevato dal cinegiornale, la ripresa di una parata militare di truppe sovietiche sulla Piazza Rossa, sotto lo sguardo condiscendente di Stalin, impettito come un plenipotenziario, con il petto coperto di medaglie e mostrine, davanti alla tomba di Lenin. I soldati sembravano automi, meccanici quanto i carri armati e i fucili, mentre marciavano con quell'orribile passo dell'oca, tutto rigidità, scatti e spinte. Le baionette fissate sui fucili, notò Harriet, erano puntate sul pubblico. Seguirono poi alcune scene di Parigi, nelle quali si vedevano gli scoraggiati delegati durante gli ultimi, inutili giorni della Conferenza di Pace ormai agli sgoccioli. La faccia grassa di Molotov, decise, aveva l'espressione falsamente partecipe di un morboso becchino metodista. Le montò la rabbia e dovette fare uno sforzo per non mettersi in ridicolo fischiando allo schermo. Qualcuno tra il pubblico applaudiva.

Quando uscì dal cinema prese un taxi per recarsi al tè con sua madre. Per un paio d'ore chiacchierarono di ricette, della spesa, delle tessere di vestiario e di amici comuni, e poi Harriet tornò a casa a fare un bagno prima dell'arrivo di Desmond.

Cominciarono a litigare non appena lui entrò in camera. Harriet gli si rivolse con aria sprezzante e Desmond con un tono misurato e affettuoso.

«Ti aspetti davvero che io accetti di vivere tutta la vita con una spia?» domandò lei.

«Certo che no» rispose lui. «Le cose stanno evolvendo

molto rapidamente in Francia, e nel giro di pochi anni i nostri potrebbero salire al potere anche qui. L'Inghilterra non può sopravvivere se non come una parte integrante dell'Europa, e con una Francia comunista, un'Inghilterra sovietica sarebbe un esito obbligato.»

«Vuoi saltare sul carrozzone russo?»

«Intendo semplicemente» disse Desmond con pacatezza «che la storia è dalla nostra parte, e la nostra vittoria inevitabile. Non vedo alcun merito a farsi martiri di una causa persa, né combatterei per qualcosa in cui non credessi con tutto me stesso. E non capisco perché il nostro successo finale, di per sé, debba essere qualcosa di cui vergognarsi.»

«Desmond, sono stufa di discutere» disse Harriet. «Ho un'unica certezza, e cioè che senza la tua parola d'onore che lascerai perdere tutto, racconterò al mondo intero ciò che stai facendo. Dico sul serio.»

«Tesoro» disse lui «capisco che sia difficile per te aderire su due piedi a opinioni politiche che io stesso ho impiegato anni di studio ed esperienza a formare. Sta a me impegnarmi per aiutarti...»

«Intendi rinunciare o no?» lo interruppe Harriet.

«Per il momento non intraprenderò alcun corso d'azione, fino a quando non avremo avuto il tempo di sviscerare a fondo la questione.»

«Interromperai ogni attività?»

«Certo, per ora: ma dovrai essere indulgente, perché per me è difficile quanto per te cambiare tutte le mie idee di punto in bianco.»

«Oh, Desmond» disse lei, esasperata «purché tu la smetta.»

Era tardi e dovevano affrettarsi a un importante ballo di beneficenza al Dorchester al quale Desmond era in dovere semi-ufficiale di partecipare, vista la presenza dei reali. Sarebbero stati invitati comunque, ma quella sera era inteso che Desmond presenziasse anche allo scopo di garantire che il comportamento dei quattro sottufficiali del suo reggimento prescelti per danzare con l'organizzatrice della serata fosse improntato a inappuntabile decoro. Harriet portava un'orchidea tra i capelli, le perle di sua madre e un nuovo abito lungo, e l'uniforme da sera di Desmond, con i pantaloni attillati sui muscoli delle cosce e dei polpacci, gli calzava a pennello, mettendone in risalto la prestanza, la figura asciutta e il rigore del portamento marziale.

Mentre danzava con Harriet, ammirandone il corpo sinuoso e flessibile, Desmond pensò a quanto fosse emozionante la sua vita. Da un capo all'altro della sala, sorrise al giovane sottufficiale che ballava elegante con la sua dama e immaginò, con un brivido di potere e piacere, l'orrore indicibile di tutti i presenti, se avessero saputo.

Uno specchio enorme gli rimandò l'immagine sua e di Harriet, e fu una soddisfazione notare come apparissero perfettamente adatti all'ambiente. Il senso di superiorità che stava provando lo deliziava e considerò che quei momenti di ebbrezza compensavano largamente le ansie inevitabili del suo rischioso mestiere.

La sua era davvero una posizione rischiosa, rifletté. Per il momento riteneva improbabile che Harriet si rivolgesse alla polizia, ma doveva riuscire a convincerla, e meglio prima che poi, fino a ottenerne il beneplacito alle sue attività. Nel mentre, c'era sempre la possibilità che per inesperienza del lavoro clandestino lei lo tradisse senza volerlo. Avrebbe dovuto operare tempestivamente e con assoluta astuzia. Per cominciare, bisognava rinunciare completamente all'alcol; ed era senz'altro necessario prendere nuovi accordi con Alek e Mark così da essere certo che lei restasse all'oscuro dei loro incontri finché non fossero stati sicuri della sua complicità. Si rese conto che sarebbe stato tenuto a dare una spiegazione per quei cambiamenti, e cominciò a riflettere sul problema molto serio se informare o meno il Bureau della scoperta fatta da Harriet.

Per tutta la sera, mentre danzava e chiacchierava con le sue partner, Desmond si arrovellò; fece bene attenzione a non toccare alcolici e lui e Harriet rincasarono completamente sobri poco dopo la mezzanotte.

Dopo che Harriet si fu coricata, lui sedette sul divano a riflettere. Era sempre un errore complicare inutilmente le cose, pensò, e Harriet era comunque un fattore delle circostanze in merito al quale solo lui aveva la competenza di decidere. Disse a se stesso che era superfluo coinvolgere il Bureau in una questione di dettaglio e la cui corretta gestione, senza alcun dubbio, sarebbe comunque stata delegata a lui.

Ma non appena ebbe formulato quel pensiero si rese conto di annaspare in cerca di una scusa per non confessare la propria trascuratezza. Avrebbe dovuto informarli, ammise, perché se il Bureau non era al corrente di tutti i fatti pertinenti alle sue condizioni operative, c'era il rischio che in futuro venisse presa una decisione sbagliata in sua assenza; e in ogni caso, pensò, in una cospirazione è principio essenziale la più assoluta fiducia e confidenza reciproca. Era una questione di disciplina, e sarebbe stato del tutto reprensibile da parte sua tenere per sé quelle informazioni. Sapeva di essere già in difetto per essersi sposato senza autorizzazione, e proprio perché quell'insubordinazione era stata criticata, adesso era più che mai suo dovere ammetterne con totale sincerità le sfortunate conseguenze.

Salì le scale in punta di piedi e sbirciò nella camera da letto. Harriet si era addormentata, così spense la luce e attese qualche minuto per verificare che non si svegliasse di nuovo: poi tornò giù e cominciò a riscrivere la seconda parte del rapporto che Harriet aveva visto, e che ancora non aveva consegnato. Sia perché era un argomento difficile da trattare, sia perché non voleva rischiare, indugiando troppo a lungo, di venire colto sul fatto da Harriet, scrisse in fretta e senza fronzoli:

> In secondo luogo, con riferimento al mio matrimonio, devo riportare un grave strascico derivante dall'indisciplina di non essermi consultato precedentemente con il Bureau. Forse sospettando una mia infedeltà coniugale, mia moglie ha aperto la valigetta che tengo chiusa a chiave e nascosta, ed è ora al corrente della natura del mio operato per i servizi, almeno in senso generale. I miei commenti sulla situazione sono i seguenti:
>
> 1. La discrezione di mia moglie è garantita dalla sua lealtà personale nei miei confronti.
> 2. A seguito di una adeguata preparazione ideologica, mia moglie rappresenterà una recluta preziosa alla causa.
> 3. Per il momento non è consigliabile che venga coinvolta concretamente in alcun modo.
> 4. Per principio, non intendo divulgarle alcun dettaglio sulle mie attività fino a quando non si sarà deciso, con delibera collettiva del Bureau, che sia utile che io lo faccia.
>
> Propongo di convocare una immediata riunione del Bureau, per discutere personalmente della situazione.

Chiuse il rapporto con una graffetta, lo sigillò in una busta, andò nel guardaroba e la nascose nel fondo della cornice d'argento sul comodino, che racchiudeva l'ingrandimento di una foto di Harriet. Poi, per abitudine, ripose la valigetta chiusa a chiave sull'ultimo scaffale dell'armadio.

7

A distanza di qualche giorno il Bureau tornò a riunirsi per discutere il rapporto di Desmond. Oltre al vicedirettore, in veste di moderatore, e a Mark e Alek, partecipavano come al solito i rappresentanti di vertice dell'NKVD e del Partito. Desmond non era stato invitato.

Il vicedirettore dichiarò aperta la riunione affermando che la decisione sul tavolo poteva essere la più cruciale mai affrontata fino ad allora dal Bureau. Era evidente, disse soffiandosi il naso, che al problema si presentavano quattro soluzioni possibili, e si apprestò a elencarle.

La prima era accettare la proposta di Lightfoot, ovvero reclutarne la moglie dopo un adeguato periodo di indottrinamento ideologico. Tale soluzione offriva chiari vantaggi: comportava il minor numero di cambiamenti all'organizzazione già esistente, e avrebbe dato ai servizi un'attivista in più la quale, posto che si dimostrasse davvero affidabile, era destinata con il tempo a risultare sempre più utile. Altrettanto ovvi, tuttavia, erano gli svantaggi di quel particolare indirizzo – carente di formazione politica, e imbattutasi nella clandestinità per puro caso, la donna in questione non si poteva ritenere del tutto fidata.

La seconda alternativa, disse il vicedirettore, era risolvere la questione a monte, eliminando Lightfoot. Una soluzione così radicale, disse, avrebbe presentato il vantaggio negativo di garantire la sicurezza delle altre attività del Bureau, e naturalmente lo svantaggio concreto della perdita di un contatto che, fatta eccezione per il Professore, era probabilmente il più prezioso a loro disposizione. Una ulteriore obiezione era rappresenta dal fatto che, essendo parzialmente al corrente della posizione di Lightfoot, la moglie avrebbe potuto mettersi in testa di sollevare un vespaio.

Una terza e meno rischiosa alternativa, disse, sarebbe stata quella di escludere progressivamente Lightfoot imponendogli di restare inattivo fino a nuovo ordine; ma anche in questo caso si sarebbe dovuto rinunciare a un contatto importante.

La quarta possibilità, proseguì il vicedirettore, era senz'altro già lampante a tutti i presenti: si sarebbe trattato semplicemente di eliminare la moglie; ma prima di affrontarne i pro e i contro, aggiunse, proponeva di aprire un dibattito del Bureau sul problema in senso generale.

«Prenderà la parola per primo il compagno Mankovsky» disse.

Mankovsky si appoggiò allo schienale della sedia, stese le braccia sul tavolo e prese a parlare in tono oratorio e con profonda voce baritonale. Si dichiarò sorpreso che il vicedirettore si fosse limitato a un approccio amministrativo a quello che era essenzialmente un problema politico. L'intera questione andava intesa, disse, alla luce della crescente tensione sullo scacchiere internazionale e dell'importanza prioritaria di incrementare, e non ridurre, la qualità e quantità dell'intelligence militare disponibile. Considerato in quest'ottica, disse, Lightfoot non era un elemento del quale sbarazzarsi con leggerezza. In un considerevole arco di anni egli aveva fornito informazioni su questioni vitali per l'Unione Sovietica, e qualunque ipotesi di tirare il collo alla gallina dalle uova d'oro, disse con un sorriso minaccioso, equivaleva alla proposta scellerata di un sabotatore.

La seconda e la quarta alternativa avanzate dal vicedirettore, proseguì Mankovsky, sollevavano entrambe la medesima e ulteriore questione politica: era tassativo riconoscere l'arretratezza teoretica del movimento nella nazione entro la quale si trovavano ad operare, e ricordare che finora in Inghilterra non era stata portata a termine alcuna eliminazione di alto profilo. Trattandosi di un evento senza precedenti, non si poteva prevedere con certezza la natura delle ripercussioni politiche, posto che ce ne fossero. Puntualizzò di avere presentato quell'obiezione in ossequio a un generale spirito di cautela, perché personalmente egli era convinto che fosse sempre necessario correre dei rischi. Gli premeva tuttavia chiarire a tutti i presenti che tali rischi sussistevano. I tempi erano cruciali, rimbombò eloquente il suo vocione, e il concetto di cautela andava ora sposato a quello di audacia.

Parlò poi il rappresentante dell'NKVD. In un tono vagamente petulante dichiarò inconcepibile la sottovalutazione del problema di sicurezza manifestata dagli interventi che lo avevano preceduto. Che garanzie avevano, domandò, che l'intero rapporto di Lightfoot non costituisse una scaltra manovra da parte delle autorità britanniche? Era necessario, disse, riportare la discussione su un esame dei fatti concreti. Primo, Lightfoot proponeva di introdurre una sconosciuta nella cellula, e pertanto di incrementare il numero di agenti che potenzialmente agiva per conto del nemico. Con questo non intendeva affermare con certezza che Lightfoot e sua moglie fossero nemici, ma solo rammentare loro il principio di partire *dal presupposto* che lo fossero. In base a questo postulato, si evinceva necessariamente che la proposta in questione equivaleva a un'estensione dell'organizzazione del contro-spionaggio britannico.

Secondo, disse con una smorfia di scherno, andava sottolineata l'inconsistenza del motivo presentato da Lightfoot a riprova dell'affidabilità alla donna. E da quando, domandò retoricamente, le considerazioni di mera lealtà personale costituivano credenziali valide per l'assegnazione di compiti politici di responsabilità vitale? Desiderava inoltre richiamare l'attenzione dei presenti sugli ultimi due punti del rapporto. Lightfoot proponeva di alterare, a proprio uso e consumo, le disposizioni del Bureau in merito a contatti e comunicazioni. Senza dubbio, terminò su una nota sarcastica il rappresentante dell'NKVD, Scotland Yard avrebbe gradito la comodità di decidere quando, dove e come andasse svolto il lavoro del Bureau.

Il vicedirettore tamburellò con impazienza sul tavolo con la penna. Erano stati fatti discorsi eccellenti, disse, ma il loro stile enfatico non compensava affatto la totale mancanza di proposte concrete su come risolvere il pericoloso problema che si trovavano ad affrontare. L'applicazione meccanica da parte del rappresentante dell'NKVD di un principio generale risultava completamente avulsa dalle esigenze pratiche della situazione reale. Il compagno Mankovsky, ribadì il vicedirettore, aveva ragione nel sottolineare l'enorme, e sempre crescente utilità di Lightfoot: il problema era dunque semplicemente quello di trovare un modo per continuare ad avvalersene. In base a quest'ultimo approccio, le alternative rimaste erano soltanto due: incorporare la moglie nei servizi, oppure eliminarla.

Se la considerazione prioritaria era preservare la collaborazione di Lightfoot, sarebbe stato avventato rischiare di inimicarselo adottando la seconda delle due alternative. Ne conseguiva dunque che la donna, malgrado la rozzezza politica, andava coinvolta. La soluzione non aveva nulla di particolarmente inconsueto, disse, poiché, come tutti i presenti ben sapevano, non si poteva certo dire che la maggior parte dei loro contatti avesse moventi squisitamente politici. La donna andava trattata secondo il protocollo ordinariamente applicato ai non-politici, con l'allocazione di una considerevole somma da destinare a lei personalmente. Alla consegna avrebbe firmato una ricevuta che da quel momento in poi sarebbe stata vincolante, permettendo loro di esercitare pressioni caso mai in futuro lei avesse manifestato segni di riluttanza.

Battendo un'ultima volta la penna sul tavolo, il vicedirettore tacque e volse lo sguardo a Mankovsky.

In qualità di rappresentante del Partito, disse Mankovsky, non poteva dichiararsi d'accordo con la tesi che la fede politica non avesse alcun peso, e riteneva che il reclutamento di elementi manifestamente inaffidabili a un lavoro della massima segretezza corrispondesse a un atto gravemente irresponsabile, oltreché rischioso, che egli mai avrebbe sottoscritto. D'altra parte, disse, il vicedirettore aveva ragione nell'affermare che restavano solo due alternative: avvalersi della donna, o eliminarla.

Se ne evinceva, disse con fermezza, che egli era in favore di adottare quest'ultima soluzione.

Quanto al rischio di alienarsi Lightfoot, bisognava tener conto dei suoi precedenti anni di lavoro per il Partito, un pregresso in base al quale era possibile giudicarne la lealtà. Disponevano, disse Mankovsky, di un'ottima cartina tornasole in base alla quale misurare l'affidabilità degli attivisti di più vecchia data, ovvero la loro reazione al patto tedesco-sovietico del 1939. In quell'occasione si era reso necessario accettare sulla fiducia la linea del partito, e ciò aveva costretto automaticamente a uscire allo scoperto tutti coloro la cui saldezza politica era inadeguata. Lightfoot, bisognava ricordare, si era conservato irremovibile anche in quel periodo difficile, e gli andava concesso il beneficio di credere che anche adesso avrebbe privilegiato la sua devozione alla causa rispetto alla relazione più o meno occasionale con una borghese qualsiasi.

A queste considerazioni politiche, concluse Mankovsky, bisognava aggiungere il fatto che Lightfoot era ben consapevole delle prove concrete a disposizione del Bureau, più che sufficienti a essere usate contro di lui con Scotland Yard, se mai avesse manifestato anche la minima resistenza alle direttive.

Il rappresentante dell'NKVD aveva sempre trovato irritanti la voce impostata e le formulazioni magniloquenti di Mankovsky. Faticò a non perdere le staffe, mentre affermava di non vedere alcuna persuasività negli argomenti presentati finora. Era necessario ribadire, disse, che non c'erano garanzie che non stessero cadendo in una trappola astutamente ordita dalle autorità inglesi. L'eliminazione della donna poteva corrispondere esattamente ai piani del ministero degli Interni britannico, che ne avrebbe approfittato come scusa per scatenare a tappeto perquisizioni, arresti, retate e violazioni del privilegio diplomatico. Concluse dicendo che, in qualità di rappresentante di vertice dell'NKVD, egli esercitava il suo diritto di veto, proibendo di dare seguito ad alcuna proposta di liquidazione.

Il vicedirettore chiuse a quel punto la riunione annunciando che, nell'impossibilità di prendere una decisione, avrebbe riportato l'intera faccenda a Mosca, domandando istruzioni definitive. Nel mentre, non si sarebbe dato seguito a nessuno dei quattro punti formulati nel rapporto di Lightfoot: le comunicazioni e i contatti avrebbero seguitato secondo la prassi consueta.

Si alzarono tutti e uscirono dalla sala senza che né Mark né Alek avessero aperto bocca per l'intera durata della riunione: non rientrava nei loro compiti intralciare la discussione con pareri da subalterni.

Il rapporto in codice accompagnato dalla richiesta di direttive raggiunse il direttore a Mosca un venerdì sera, mentre chiudeva a chiave la scrivania prima di partire per la sua casa di campagna. Sospirò deluso, perché aspettava da tempo l'occasione di rilassarsi in famiglia e di trascorrere una giornata a caccia con gli amici. Il rapporto dal suo vice a Londra era lungo e urgente e, dal malaugurato caso dell'agente Gouzenko in Canada, era stato diramato l'ordine che anche i funzionari di più alto grado si occupassero personalmente di decrittare i dispacci, senza delegarne la decodifica ai propri sottoposti.

Di conseguenza, all'età di sessantun anni, il direttore Zabotkin si era visto costretto a seguire tre settimane di un complicatissimo corso di cifratura. Era una fatica improba dedicare ore e ore alla seccatura di verificare, confrontare e tradurre meccanicamente le parole e i simboli in codice, e gli costava uno sforzo enorme conservare per un tempo prolungato l'attenzione al massimo della vigilanza e dell'efficienza. Sapeva che una sola svista tecnica rischiava di alterare tutto il senso di un rapporto, e che le conseguenze di un errore sarebbero state disastrose per il Movimento e letteralmente fatali per lui. Non c'era mansione che trovasse più irritante di quel certosino lavoro di decodifica e ora, proprio quando aveva contato su due giorni di libertà, avrebbe dovuto chiudersi per ore nel suo studio a scervellarsi tra migliaia di caratteri e cifre deliberatamente depistanti, invece che sorseggiare vodka in salotto e insegnare a sua figlia a giocare a scacchi. In ogni caso, disse a se stesso, non avrebbe disdetto la battuta di caccia – una distrazione almeno ogni tanto era essenziale per mantenersi produttivo.

Zabotkin guardò oltre i vetri della finestra gigantesca del suo sontuoso ufficio, contemplando le guglie dorate del Cremlino che riflettevano il sole autunnale, e rise tra sé e sé alla vista delle magnifiche, splendenti cupole tondeggianti di San Basilio e al ricordo della scenata di Lunacharsky quando, nel 1917, gli era giunta la notizia che i bolscevichi le stavano bombardando. Chiamò il suo assistente dall'interfono e ordinò di approntare la sua macchina.

Sotto lo sguardo impassibile delle sentinelle all'ingresso principale dell'edificio, il suo autista gli aprì la portiera. Mentre Zabotkin si metteva comodo, il solerte chauffeur gli sistemò un plaid sulle ginocchia e abbassò le tendine ai finestrini laterali. Procedettero lentamente tra i palazzi del Cremlino, gli uffici, le chiese e le caserme fino al posto di blocco che sbarrava l'uscita sulla Piazza Rossa. Giunti sulle strade principali accelerarono fino a settanta chilometri orari, accendendo la sirena per avvertire del passaggio di un'auto ufficiale che non avrebbe rallentato ai semafori rossi.

Lasciato il centro cittadino si inoltrarono tra i bassifondi, proseguendo poi per un'ora tra le dace disseminate nei magnifici boschi di betulle. Zabotkin era felice di avere casa in quella zona, perché gli ricordava la sua infanzia, quando il padre era assistente veterinario in una tenuta della famiglia reale: ricordava le proprie commissioni di bambino, a fare la spola tra le stalle e le cucine, e i battibecchi arroganti con stallieri e i garzoni.

Ne aveva fatta di strada da allora, pensò, e cercò di immaginare come si sarebbe sentito se, ai tempi della scuola, avesse potuto prevedere ciò che sarebbe diventato. Sorrise; poi il suo volto si incupì, al pensiero della spietata scalata che lo aveva portato a quei vertici; evidentemente stava invecchiando, perché aveva provato l'intima convinzione che se avesse saputo allora cosa ne sarebbe stato di lui, non sarebbe mai riuscito a trovare l'implacabile durezza necessaria.

D'un tratto la macchina rallentò al posto di blocco dell'NKVD che presidiava l'accesso alla Zona Riservata. Gli ufficiali conoscevano bene Zabotkin e avevano ricevuto dal Cremlino la telefonata di avvertimento che il direttore si trovava per via, ma scrutarono comunque meticolosamente i suoi permessi prima di scattare sull'attenti e indicare con un cenno all'autista che poteva proseguire.

La Zona Riservata, che si estendeva su una superficie grande quanto una mezza contea inglese, era la tenuta dove gran parte dei funzionari di alto grado aveva la propria casa di campagna: era circondata dal filo spinato e chiunque venisse sorpreso al suo interno senza debita autorizzazione rischiava di venire abbattuto a vista dalle guardie che la sorvegliavano. Le uniche, piccole fattorie erano quelle semi-private incaricate di rifornire le famiglie dei pezzi grossi, ma il resto dei terreni veniva lasciato quasi interamente incolto, come riserva di caccia.

Dopo un quarto d'ora a velocità sostenuta l'automobile di Zabotkin sterzò, imboccando il viale che conduceva al portone della sua imponente dacia in legno. La figlia di nove anni lo stava aspettando alla finestra e uscì sulla veranda saltellando, chiamandolo e sbracciandosi in saluti quando l'auto si fermò. Zabotkin afferrò la valigetta nella sinistra e, con la destra, si caricò la bambina in spalla e la portò strillante di contentezza nell'atrio. Con delicatezza la rimise a terra e le fece il solletico sul collo con la barba ispida: lei rise, gli scompigliò i capelli radi, lo baciò in fronte, e poi, mano nella mano, entrarono nel salotto dove Anna, la moglie di Zabotkin, sedeva con le labbra e gli occhi stanchi atteggiati a un sorriso.

Aveva superato la cinquantina ed era malvestita, salvo per uno scialle di seta a ricami sgargianti che suo marito le aveva portato in dono al ritorno da uno dei suoi viaggi all'estero. Gli occhiali economici con la montatura di metallo e i calzettoni di lana fatti a maglia la facevano somigliare a una bonaria ma sottopagata professoressa di liceo.

Zabotkin le baciò la mano e domandò se era pronta la cena.

«Naturalmente» rispose Anna. «Lo sappiamo bene che torni a casa solo per mangiare.»

«Pretenderesti che il capo dei servizi sbrodolasse minestra sulla sua scrivania al Direttorio?» rise lui.

Prima di sedersi a cena con la famiglia, Zabotkin si diresse nel suo studio a chiudere la valigetta in cassaforte. Poi andò dritto in sala da pranzo, fiutò con piacere il profumo di cucina, si accomodò e infilò un tovagliolo pulito nel colletto della camicia. Spezzò a metà un filone di pane nero e versò una cucchiaiata abbondante di panna acida al centro della sua fondina di borsch bollente. Una domestica in piedi alle sue spalle gli versò il tè da un samovar di argento lucidato: lui lo bevve con cinque zollette di zucchero e una fettina di limone. Dopo la zuppa, fu servita anatra arrosto, poi salsicce con pane, formaggio fresco e burro fatti in casa. Per dessert venne portata in tavola una confezione rettangolare di grossi cioccolatini provenienti da Ginevra.

Klara, la bambina, li prendeva con le dita e li trangugiava in un boccone, guardando di sottecchi gli adulti ogni volta che allungava il braccio magro ad afferrarne un altro. Si domandò quanti sarebbe riuscita ad aggiudicarsene prima che qualcuno si ricordasse di dirle che avrebbe finito per farsi venire la nausea. La domestica guardava con invidia la scatola che si svuotava rapidamente.

Dopo cena Klara annunciò l'intenzione di trascorrere la serata sfidando a scacchi suo padre, e Zabotkin fu costretto a risponderle che aveva del lavoro importante da fare in studio. Stava finendo di fumare una sigaretta accanto al fuoco scoppiettante della stufa di ceramica blu in salotto prima di rassegnarsi a quella scocciatura della decodifica. Klara cominciò a piangere in silenzio, con grossi lacrimoni che le rigavano le guance fino agli angoli della bocca.

«Klara, pulcino mio» disse Zabotkin «non è che voglio lavorare. Devo.»

«Avevi promesso di giocare a scacchi» disse lei.

Zabotkin si rese conto che sua figlia aveva aspettato tutto il giorno di giocare con lui, e di averle procurato una delusione cocente. Non voleva fare troppo tardi per via della battuta di caccia la mattina seguente, e sapeva che decrittare il rapporto avrebbe richiesto almeno tre ore; ma Klara aveva un'aria così triste, talmente piccola e magra con quei lucciconi, che decise di rimandare il lavoro fino a dopo che lei fosse andata a letto. Fece sedere la bambina sulle sue ginocchia, le asciugò le lacrime con il fazzoletto e le disse che le promesse vanno mantenute; se gli portava la scacchiera e i pezzi, avrebbero giocato seduti al calduccio, accanto alla stufa.

Klara tirava ancora su col naso quando iniziarono la partita, così Zabotkin lanciò un attacco di regina dopo le prime tre mosse: le aveva insegnato a giocare con strategia, e sapeva che avrebbe individuato l'opportunità di sfruttare il suo errore per aggiudicarsi subito una posizione vincente. Il suo piano funzionò talmente bene che lui stesso si sorprese di venire sconfitto nel giro di mezz'ora.

Proseguirono fino all'ora del bagno di Klara e poi, dopo averle dato il bacio della buonanotte, Zabotkin chiamò la domestica per farsi servire un altro tè. Restò a sorbirlo con Anna accanto alla stufa, parlando con lei per qualche minuto del fisico gracile della figlia.

«Non riesco a spiegarmelo» disse «mangia come un torello.»

«Sono preoccupata» disse Anna. «Ne ho parlato con il medico ma lui sostiene che Klara è perfettamente sana.»

«Domani telefono alla fattoria e ordino una consegna extra di uova e panna» disse lui.

A malincuore, Zabotkin si alzò, augurò la buonanotte alla moglie e andò nel suo studio. Prese gli incartamenti dalla cassaforte e si mise all'opera.

Dopo due ore di concentrazione assoluta sentì il bisogno di una caraffa di caffè. Suonò il campanello ma non ottenne risposta, così tornò a squillarlo con violenza.

La cuoca, una donna di corporatura massiccia sulla sessantina, arrivò mezzo addormentata, con i capelli arricciati nei bigodini di carta e un impermeabile sopra la camicia da notte pesante. Si scusò per essere andata a letto, poi corse a prendere il caffè. Per un po' Zabotkin passeggiò spazientito avanti e indietro, poi tornò a sedersi per finire il lavoro. Il caffè lo aveva rinfrancato e prima di mezzanotte aveva trascritto per intero il rapporto da Londra. Premette di nuovo il pulsante del campanello, ordinò altro caffè, poi sprofondò in una comoda poltrona per rileggere da capo il dispaccio e riflettere sul da farsi.

Non era necessario, pensò con sollievo, scrivere in codice la risposta e inviarla prima di andare a letto; decise dunque di rifletterci con calma e trasmettere la sua decisione via cablogramma dopo la battuta di caccia dell'indomani. Chiaramente, pensò, la questione era urgente, ma l'importanza del problema sconsigliava di saltare a conclusioni precipitose a quell'ora così tarda. Allo stesso tempo, vedeva fin d'ora che il dilemma non era poi tanto complesso. Ovviamente, fintanto che Lightfoot si dimostrava affidabile andava conservato alla causa: questo era il primo punto. In secondo luogo, la donna era una ficcanaso, di dubbia collocazione politica e origini borghesi. Non c'era garanzia alcuna che, per stupidità o di proposito, non causasse presto o tardi complicazioni inutili ed estremamente pericolose.

Per fortuna, pensò Zabotkin, l'esperienza finora dimostrava che Lightfoot era per parte sua eccezionalmente competente, coscienzioso e ideologicamente saldo. Questi erano gli elementi concreti della situazione, e la preoccupazione generale manifestata dai funzionari di Londra per il fatto che un'eliminazione sul territorio inglese sarebbe stata un evento senza precedenti era ridicola. Zabotkin sorrise tra sé e sé: persino i suoi uomini sembravano contagiati dalla presunzione britannica, tanto da non rendersi conto che l'Inghilterra non era più una superpotenza da trattarsi con i guanti di velluto e che oggigiorno un approccio più deciso poteva risultare più efficace. Quanto alla possibilità che si trattasse di una trappola, pensò Zabotkin, l'ipotesi richiedeva una comprensione della psicologia capitalista, e il funzionario dell'NKVD ne aveva, per ignoranza dell'occidente, quasi certamente esagerato il rischio. Zabotkin provò un certo divertimento, e un intimo senso di superiorità, ricordando di non avere mai incontrato un funzionario dell'NKVD che avesse sia pure la più vaga idea delle dinamiche delle democrazie occidentali.

Suonò di nuovo il campanello e ordinò due uova sbattute in un bicchiere di latte caldo; fumò un'ultima sigaretta mentre aspettava che venissero servite e poi si disse che sapeva già con certezza quale posizione avrebbe assunto nella sua direttiva al Bureau di Londra.

Salì in camera, sentendosi al tempo stesso stanco e soddisfatto per aver sciolto con destrezza un nodo aggrovigliato, e dormì profondamente fino alle otto del mattino successivo, quando vennero a svegliarlo. Indossò calzoni alla zuava, stivali alti e una giacca di tweed inglese e scese a consumare una colazione di tè, pesce e uova al tegame. Il sole autunnale brillava limpido dai vetri delle finestre e Zabotkin provò una certa eccitazione alla prospettiva della giornata di caccia: disse alla domestica in piedi dietro la sua sedia di andargli a prendere i fucili e poi, con cura affettuosa, ne prese i pezzi dalla valigetta di cuoio, li montò e scrutò all'interno delle canne per sincerarsi che il suo chauffeur le avesse pulite a dovere.

Alle nove in punto l'auto lo aspettava davanti alla porta. Zabotkin salutò Klara con un bacio e con un cenno della mano sua moglie che lo guardava dalla finestra della camera da letto, poi l'auto si avviò, procedendo rapida lungo il viale. Accelerarono lungo la nuova strada dritta che attraversava il bosco di betulle, e Zabotkin si appoggiò allo schienale imbottito soffiando anelli di fumo dal sigaro. Il suo era un incarico difficile e delicato, pensò tra sé, ma la contropartita non era indifferente.

Il luogo d'incontro era una graziosa chiesetta sconsacrata nel bosco. All'arrivo di Zabotkin gli altri erano già in attesa con un guardaparco, tre portatori con i cani e venti battitori. Dopo uno scambio di strette di mano con i due ufficiali, un generale e un dirigente dei trasporti, e dopo aver assegnate le consegne agli uomini, si misero in marcia diretti a una radura dove sorgevano i capanni mimetizzati con felci e rami. Presero posizione insieme ai portatori e ai cani e attesero che l'ordinato cordone di battitori spaventasse i fagiani starnazzanti portandoli dritti dritti davanti alle bocche dei loro fucili.

Per tutta la mattina abbatterono quei grossi uccelli a dozzine. Di tanto in tanto sulla radura si vedeva una lepre o un coniglio correre all'impazzata in cerca di riparo, e tutti i fucili aprivano il fuoco. A un certo punto, prima di pranzo, un fagiano maschio sbucò con passo tranquillo e spavaldo dai cespugli e restò impalato a fissare sfacciatamente Zabotkin con uno dei suoi lucidi occhietti neri. Il portatore sbraitava per farlo alzare in volo, ma il fagiano si ostinava a ignorarlo, così Zabotkin imbracciò il fucile e lo fece saltare in aria.

Passarono al settaccio boschi e radure, seguendo un ampio cerchio fino a ritrovarsi, poco dopo l'una, al punto di partenza davanti alla chiesa. Per il pranzo, gli autisti avevano apparecchiato due tavoli pieghevoli accostati e coperti da una tovaglia bianca bordata di falso pizzo. C'erano bottiglie di birra e vodka, fette di pane tostato, caviale, pollo freddo, formaggi e frutta. Battitori, portatori e autisti pranzarono con salsicce rinsecchite, pane nero e birra, ai quali il guardaparco aggiunse i sandwich di fagiano e un bicchiere di brandy Napoleon che si era portato appresso. Seduti al sole, con la schiena appoggiata al muro che circondava la chiesa, gli uomini si appartarono a ruminare e bere, fuori dalla visuale del tavolo di Zabotkin.

Soddisfatti, i tre ufficiali parlarono a gran voce degli episodi del mattino e, finito di mangiare, mentre riposavano sorseggiando vodka, Zabotkin raccontò agli amici di quando, ancora quindicenne, cacciava di frodo proprio in quei boschi; il guardaparco che li accompagnava era il figlio di quello in carica allora. Ciò che non disse, essendone all'oscuro, era che l'uomo che avevano reclutato era anche l'agente dell'NKVD assegnato alla Zona Riservata, il cui incarico segreto consisteva ben più nel fare rapporto sui movimenti e sulle conversazioni di ufficiali e funzionari che nell'occuparsi della selvaggina.

Il pomeriggio tornarono a cacciare per due o tre ore e poi si separarono, ciascuno diretto alla propria automobile, e a casa. Zabotkin ordinò all'autista di rientrare passando dalla fattoria, per ordinare al responsabile incaricato le forniture extra per sua figlia. Si sentiva appagato e con la mente lucida, e mentre l'auto imboccava la salita verso la dacia fu folgorato dalla soluzione ideale e più semplice al problema di Lightfoot e di quell'impicciona di sua moglie.

Giunto a casa fece il bagno e la barba, indossò un completo di flanella bianca, e mentre scendeva le scale Anna lo chiamò per dirgli che la cena era in tavola. Dopo mangiato Zabotkin calcolò che gli restava al massimo un'ora di lavoro prima di potersi coricare, e gli venne voglia di una partita a croquet con la moglie. Erano entrambi giocatori esperti, il prato era perfettamente curato, liscio e privo di erbacce, e la sera d'autunno era tiepida, senza vento, così che i colpi secchi delle mazze di legno echeggiarono per tutto il giardino. Dal camino della cucina il fumo si levava alto nell'aria e le betulle eleganti del bosco erano immobili, quasi irreali, come il fondale dei melodrammi di una volta.

Di tanto in tanto la quiete era interrotta dalla voce di Zabotkin che lodava un colpo particolarmente brillante di Anna, o dal canto sommesso di una domestica da una delle camere al piano superiore della casa. Klara, che trovava noiosa la dedizione professionale dei suoi genitori al croquet, era nelle rimesse ad aiutare l'autista a lavare, asciugare e lucidare la macchina.

Giocarono finché il sole tramontò dietro gli alberi, poi Zabotkin si accese un sigaro e fece una passeggiata in giardino, ammirando i bordi perfetti dei prati, le aiuole simmetriche e regolari, e le siepi di bosso elegantemente potate nella forma della stella sovietica a cinque punte. Il giardiniere raccolse mazze e palle, le ripose nel capanno estivo e poi raggiunse i padroni per domandare se tutto era stato di loro gradimento: segretamente, sperava anche che Zabotkin buttasse via il sigaro prima di averlo consumato del tutto.

Quando fu quasi buio Zabotkin e sua moglie tornarono in salotto per bere il tè accanto alla stufa. Arrivò Klara, zuppa e un po' inzaccherata: tirò fuori le matite colorate che suo padre le aveva portato da Londra e si mise a disegnare aeroplani, cannoni e incrociatori.

Anna prese il ricamo. Non ammise con se stessa che avrebbe preferito dedicarsi a qualche rammendo domestico, sapendo bene che non era affatto acconcio per la moglie del direttore Zabotkin farsi vedere impegnata in mansioni riservate alla servitù. Klara mostrò al padre i suoi disegni e, notando le ditate sporche sulla carta, lui la mandò di sopra a lavarsi le mani e continuò a leggere il giornale. Ma la sua quiete non durò a lungo: non appena tornata al pianterreno, Klara pretese che il babbo si sedesse sul pavimento e disegnasse per lei una serie di personaggi: prima una bambina con i capelli biondi e tondi occhi azzurri, poi un grasso capitalista, e infine un marinaio della marina sovietica.

Zabotkin trovò quel gioco un po' noioso, sembrava non finire mai e fu un sollievo quando Anna dichiarò che per

Klara era l'ora del bagno: lui raccolse da terra pastelli e fogli, portò la bambina di sopra in braccio, la aiutò a spogliarsi, le fece il bagno e poi la mise a letto. Chiuse la finestra, perché l'aria autunnale era frizzante, le augurò la buonanotte e tornò in studio a formulare il cablogramma per Londra. Non era un compito complesso: conosceva i fatti a memoria e la soluzione finale gli era venuta in un lampo mentre tornava in macchina dalla caccia. Si rallegrò che le direttive non dovessero più venire accompagnate da verbose argomentazioni giustificative: ai vecchi tempi una questione del genere avrebbe richiesto almeno dieci pagine dattiloscritte.

Scrisse la sua decisione nello stile e nel tono di un ordine militare: si dava istruzione al Bureau a Londra di incaricare Lightfoot personalmente e immediatamente dell'eliminazione della donna.

Zabotkin era assai compiaciuto di avere trovato una soluzione tanto economica a tutte le complicazioni del caso. Rendendo Lightfoot responsabile dell'esecuzione concreta del compito, nessuno dei membri del Bureau sarebbe stato implicato e allo stesso tempo Lightfoot si sarebbe legato ancora più strettamente al Movimento. Se si fosse rifiutato, avrebbero saputo che quantomeno non era più affidabile, e forse anche impegnato a ordire una trappola per conto del controspionaggio inglese. A quel punto il Bureau avrebbe potuto calibrare con perfetta cognizione di causa la gravità della situazione e godere del preavviso necessario a prendere con tutta calma le misure atte a liquidare per intero la faccenda. Per quanto utile, pensava Zabotkin, Lightfoot sapeva troppo: doveva dimostrarsi amico, altrimenti sarebbe stato trattato senza esitazioni come il più pericoloso dei nemici.

8

La cartolina vuota che convocava Desmond al Bureau per ricevere le istruzioni del direttore Zabotkin giunse mentre Harriet preparava i bagagli per un soggiorno di una settimana a Norfolk. Desmond avrebbe accompagnato in macchina lei e il colonnello Hammerton alla fattoria che avevano affittato per cacciare sui terreni circostanti; altri due amici li avrebbero raggiunti là. L'idea era venuta a Harriet, ormai certa che non avrebbe tollerato un'altra serata ad ascoltare Desmond pontificare e perorare quelle sue orripilanti convinzioni politiche.

Da giorni Desmond si impegnava corpo e anima per convertirla alla propria fede e assicurarsene la complicità, e lei era talmente stufa da sorprendersi a odiarlo, approfittando della minima scusa per non restare sola con lui. Aveva cominciato a pensare con orrore al momento del suo ritorno a casa e, da qualche tempo, gli aveva vietato di dormire in camera con lei: teneva chiusa a chiave la porta di comunicazione con il guardaroba e gli aveva detto chiaro e tondo di non volerlo vicino. Sarebbe stato più facile, pensava, se lui non avesse deciso, dalla notte in cui gli aveva aperto la valigetta, di rinunciare completamente agli alcolici: adesso era sempre di pessimo umore, irritabile e cattedratico, e lei non ne poteva più di quel suo tono polemico.

Dopo pranzo vide la cartolina sul tavolo in anticamera e telefonò subito a Caroline: quel segnale doveva per forza avere qualcosa a che fare con lo spionaggio, disse, e dunque era chiaro che, malgrado tutte le sue promesse, Desmond era ancora in contatto con la sua cricca politica. A malincuore dovette ammettere con se stessa che la falsità di Desmond non la sorprendeva, e che purtroppo aveva perso ogni fiducia in lui: ora sapeva per certo di non potersene minimamente fidare e che avrebbero dovuto trovare un modo per forzargli la mano.

Parlarono per quasi un'ora e conclusero che Desmond doveva rassegnare le dimissioni. Una volta lasciato l'esercito, disse Caroline, non sarebbe più stato in condizioni di nuocere. Si domandarono se fosse il caso di bruciare la cartolina e Harriet si dichiarò favorevole; ma Caroline insistette che l'unico modo di far capire a Desmond che quella situazione non poteva continuare era affrontarlo con assoluta sincerità. Harriet doveva mostrargli la cartolina dicendogli che sapeva del suo contatto mai interrotto con i russi. Disse che Harriet doveva evitare ogni discussione, limitandosi a essere concisa e risoluta.

«Fingi di volerti rivolgere alla polizia, e di non averlo fatto solo per timore di uno scandalo» disse.

«Dicevi che dovevo essere sincera.»

«Non hai scelta. Devi costringerlo a prenderti sul serio.»

Harriet accettò il consiglio di buon grado: non riusciva a prendere nessuna decisione ed era grata del fatto che Caroline fosse così decisa e avesse le idee tanto chiare.

«Credi debba dirgli che anche tu sei al corrente di tutto?» domandò.

«Ottima idea. Mettigli addosso un po' di fifa.»

Suo malgrado Harriet si sentì irritata dal tono cinico con cui Caroline parlava di Desmond e, quasi bruscamente, prese commiato e riagganciò.

Caroline, che aveva risposto dall'apparecchio dalla sua camera, si sdraiò sul letto stringendosi le ginocchia al petto. La tormentava il dilemma se infrangere o meno la propria promessa e raccontare tutto a suo padre, che senza dubbio avrebbe informato la polizia; aveva dato la sua parola, pensò, e tuttavia la questione era troppo grave per giustificare un silenzio motivato da un senso dell'onore piuttosto puerile. D'altra parte, pensò, una delle cose più ripugnanti dei regimi fascisti era proprio il modo in cui imponevano la delazione su amici o parenti dissidenti, e se lei avesse infranto la promessa fatta, in mancanza della quale non avrebbe saputo nulla, si sarebbe comportata alla stessa stregua disumana di un informatore della Gestapo o della polizia segreta sovietica. Era impossibile intrattenere rapporti umani decenti, pensò, se gli amici non potevano fidarsi gli uni degli altri, e contare sul fatto che un giuramento solenne come il suo venisse rispettato alla lettera.

Caroline scese dal letto e guardando dalla finestra lo sfacelo causato dalle truppe nella piazza sottostante decise che doveva tenere fede alla parola data il più a lungo possibile; comunque, una volta venuto a sapere che anche lei era al corrente delle sue attività, Desmond si sarebbe probabilmente spaventato al punto da troncarle seduta stante.

Desmond rincasò verso le cinque, sfilò la cartolina dal resto della corrispondenza e la intascò. Broadstone servì il tè in salotto e non appena Desmond si sedette Harriet disse: «Immagino che questa sera dovrai uscire».

«In effetti è così.»

«Per andare dove?»

«Al club.»

«A fare cosa?»

«Perché me lo chiedi?»

Harriet andò in anticamera per prendere la cartolina dal tavolo, poi tornò e disse: «Avevi promesso di finirla con lo spionaggio».

«E con questo?»

«Dov'è la cartolina?»

«Ce l'ho in tasca.»

Harriet sedette e per un momento rimasero entrambi immobili, fissandosi con amareggiati sguardi di sfida. Desmond decise che era inutile ostinarsi a cercare di convincerla: sorseggiò il tè pensando a quanto era stato sciocco a non rendersi conto fin da principio che sforzarsi di esercitare un'influenza intellettuale su Harriet era un'impresa disperata. Le sue reazioni erano puramente emotive e convenzionali e ci sarebbero voluti anni per sradicare i suoi pregiudizi borghesi. E per tutto quel tempo correva il rischio gravissimo che lei parlasse con i suoi genitori, o che per sventatezza rivelasse inavvertitamente qualche dettaglio. Comprese di trovarsi a una svolta decisiva della sua carriera e che era in gioco tutto ciò a cui teneva.

«Devo uscire, e questo è quanto» disse.

«Ho deciso che se non rassegni immediatamente le dimissioni, racconterò a tutti che sei una spia comunista» replicò lei.

Broadstone entrò a prendere il vassoio del tè e a Desmond vennero i sudori freddi al pensiero che solo per una frazione di secondo non aveva sentito la dichiarazione appena fatta da Harriet. Per non dover parlare, accese la radio e sedette a riflettere sul da farsi: non c'era verso, Harriet si era incaponita e sarebbe stata capacissima di dare seguito alla minaccia spifferando ai quattro venti che lui era un membro del partito. Bisognava fermarla a qualunque costo, perché se anche la gente non le avesse creduto, comunque ci sarebbero state delle chiacchiere e ogni tentativo da parte sua di scagionarsi non avrebbe fatto altro che sollevare un ulteriore polverone.

Ovviamente, pensò, doveva convincerla che aveva rinunciato completamente alle sue attività. In futuro, decise, tutti i suoi contatti dovevano avvenire di giorno, così che Harriet lo credesse in servizio, e naturalmente il segnale convenuto doveva cambiare: provò irritazione per l'inefficienza del Bureau nel persistere a utilizzare le cartoline malgrado li avesse informati chiaramente che costituivano un rischio, e formulò il proposito di criticarne con severità l'operato.

Spense la radio e rivolgendosi a Harriet, che si era messa a leggere un libro, dichiarò di doverle fare un discorso serio.

«Non c'è altro da dire» ribatté lei.

«Una cosa c'è» disse Desmond. «Ho deciso che non possiamo assolutamente andare avanti così, e che per il bene del nostro matrimonio e della nostra felicità devo rinunciare al partito. Li informerò della mia risoluzione questa sera stessa.»

Si avvicinò a Harriet, e accarezzandola aggiunse: «Ti chiedo perdono per averti resa tanto infelice, ma lo capisci, vero, quanto è stato difficile per me prendere questa decisione?».

Vedendolo tanto triste, lei cominciò a sperare che forse sarebbe riuscita a innamorarsene di nuovo. Gli prese una mano e le vennero le lacrime agli occhi.

«Oh, tesoro, tutto quello che so è che non voglio odiarti. Ti prego, dimmi che la smetterai davvero, e per sempre» mormorò.

«Per me è un sacrificio enorme, ma sono disposto a compierlo. Ti amo moltissimo, sai?»

«Rinuncerai, per sempre?»

«Sì, non mi lasci altra scelta.»

«E rassegnerai le dimissioni?»

«La prima cosa da fare è lasciare il partito. Quanto a lasciare l'esercito ne parleremo in seguito.»

Harriet si accorse che temporeggiava e si scoraggiò di nuovo.

«Ma Desmond, non puoi restare nell'esercito dopo averlo tradito. Come puoi anche solo pensarlo? Sarebbe una porcheria comportarsi in modo così falso e ipocrita, e io *devo* poterti rispettare. Come potrei amare un uomo che disprezzo?»

«Harriet, mia cara, adesso esageri» disse lui. «Ne riparliamo domani.»

Quel suo tono paternalistico la irritò e fece risorgere i suoi dubbi. Si alzò, andò al caminetto e volgendogli le spalle disse, in tono asciutto: «Sei evasivo».

«Perché dovrei rinunciare alla mia carriera?»

«Perché è l'unica cosa corretta da fare» rispose lei, irremovibile.

Non c'era nulla da guadagnare da un battibecco, pensò lui, così le sorrise e sfoderò il suo fascino collaudato: «Ti prego, non guardarmi con quell'aria indignata da giovane curato».

Harriet non si lasciò blandire.

«Devi dimetterti» disse.

«È una parola. Di questi tempi non si può lasciare il servizio tanto facilmente.»

Andò avanti così per un'ora finché Harriet uscì dalla stanza, piantando Desmond a metà di una frase. Con il proseguire della discussione si era dimostrata sempre più cocciuta, e quando se ne andò Desmond ne aveva già fin sopra i capelli delle sue certezze filistee. Era difficile, pensò, non perdere le staffe davanti a un atteggiamento tanto immaturo, a una persona così egoisticamente indifferente alla forza trascinante del movimento più epocale della storia contemporanea. Gli era intollerabile che un singolo individuo insignificante potesse pensare di mettersi di traverso rispetto ad affari interni di quella portata con il capriccio di un meschino ultimatum.

Spazientito, si alzò di scatto dalla poltrona e salì a mettersi in borghese. Si vestì in fretta e furia e uscì senza salutare, incamminandosi verso Marble Arch. Mancava parecchio tempo all'appuntamento a Hampstead, così zigzagò in taxi e in autobus fino al cinema di Baker Street. Comprò un biglietto ridotto e seguì il cinegiornale per un'ora; all'uscita prese il treno per Notting Hill Gate, dove cenò in un ristorantino gestito da due donne recentemente smobilitate dalla sezione mensa della Territoriale. Aveva troppi pensieri per la testa per accorgersi della qualità del cibo, e per smetterla di arrovellarsi si impose di concentrarsi su un giornale trovato sul tavolo.

Suonò il campanello all'ingresso del giardino di Hampstead con perfetta puntualità. Alek gli aprì la porta e lui rivolse un saluto a Mark, che ricambiò educatamente. Presero posto e Alek si lanciò in un discorso prolisso, come stesse tenendo un comizio: sottolineò la gravità della situazione internazionale e la necessità vitale di proteggere l'assoluta segretezza del loro operato; disse che la lotta di classe non erano parole e metafore: si trattava di una guerra vera e propria, e come tale faceva inevitabilmente i suoi caduti. Da soldato, disse, Desmond capiva bene che in battaglia bisognava comportarsi con spietatezza e abnegazione, poiché solo così facendo si assicurava la vittoria.

A nessuna considerazione di carattere personale o di convenienza domestica, disse Alek, poteva venir concesso di mettere a repentaglio il fine ultimo.

Sottolineò gli immensi sacrifici fatti dall'Unione Sovietica per la causa della vittoria sul fascismo, e le masse oceaniche di uomini, donne e bambini che vi avevano perso la vita. Era in rapporto a questo contesto, disse, che occorreva intendere le istruzioni del Bureau in merito al recente rapporto di Lightfoot, e la decisione del partito poteva apparire esageratamente severa solo a chi ignorasse le tremende sofferenze di decine di milioni di cittadini sovietici.

Poi disse che Desmond era stato incaricato del compito di eliminare sua moglie.

Dall'inconsueta lungaggine del discorso di Alek, Desmond aveva intuito che aveva qualcosa di particolarmente difficile da comunicargli, e ben prima che avesse finito aveva già capito dove si andava a parare; ciò che non aveva previsto era il ruolo che lui stesso avrebbe dovuto interpretare in quello scenario. Per qualche secondo strinse i denti e mise le mani tasca per nasconderne il tremito ai due russi.

Si mise a parlare d'impulso, in tono dogmatico e a voce troppo alta. Disse che l'intera questione era troppo importante per sbrigarla con una decisione affrettata e banale. Era necessario tener conto del bisogno di incrementare, e non ridurre, gli operativi. Non era affatto sicuro che sua moglie rappresentasse un rischio e anzi, in futuro, poteva rivelarsi molto utile. Proporre di eliminarla adesso equivaleva a lasciarsi prendere dal panico di fronte a un pericolo immaginario. Il momento storico era troppo cruciale, disse, per un approccio che non fosse il più realistico e pragmatico possibile.

Mentre parlava sentiva l'incertezza crescere nella sua

voce: sapeva di non essere sincero, eppure non riusciva a smettere, nella speranza di imbattersi in un'argomentazione abbastanza convincente da invalidare quella consegna; si ingarbugliò in un discorso sempre più confuso, fino a concludere fiaccamente ribadendo che non c'era motivo di farsi prendere dal panico.

«*Noi*» disse Mark «non siamo affatto nel panico.»

Desmond prese tempo riempiendo e accendendo la pipa. Mark e Alek lo osservavano, prendendo nota di ogni cambiamento nella sua espressione.

Esaminando la questione in termini pratici, riprese Desmond, si vedeva chiaramente quanto fosse insoddisfacente la proposta del Bureau. Con tutte le cautele che si potevano prendere nel mandare a effetto l'eliminazione, essa avrebbe di necessità determinato un'inchiesta e attirato su di lui l'attenzione della polizia. Per esempio, disse, le mansioni di segreteria che svolgeva per il generale non erano strettamente ufficiali, e se si fosse trovato in un simile frangente era possibile che gli venisse ordinato di interromperle, escludendolo di conseguenza dalla più preziosa delle sue fonti di informazione. Bastava quest'unica considerazione, disse, a dimostrare che la proposta melodrammatica del Bureau avrebbe più probabilmente messo a rischio che garantito il futuro delle loro operazioni.

Desmond stava ritrovando la compostezza: anche se quell'argomento non gli era venuto subito in mente, di certo meritava di venire soppesato contro il vantaggio di mettere fine ai guai nei quali era incappato con Harriet. Ma non appena formulato quel pensiero, ricordò di non essere stato del tutto onesto con i compagni. Anzi, Harriet rappresentava un rischio ben più grave di quanto avesse loro lasciato intendere e, ammise con se stesso, esaminata con il dovuto distacco, la linea drastica del Bureau poteva in effetti non essere sproporzionata alla situazione così com'era in realtà.

«Concordo con voi che mia moglie costituisca un pericolo» disse «ma devo insistere che teniate conto dei gravi svantaggi della linea operativa proposta.»

«Non si tratta di una proposta» disse Alek. «Il partito al quale appartiene le ha dato un ordine.»

Desmond era un comunista troppo convinto per discutere un ordine esplicito. Era ben consapevole che il conseguimento degli scopi colossalmente ambiziosi di un movimento di portata mondiale si rendeva possibile solo in virtù di una fedeltà assoluta al partito, e della volontaria sottomissione a una disciplina para-militare da parte dei suoi membri; e ammetteva senza riserve che, al momento della sua iscrizione originaria, egli si era vincolato, in linea di principio, a obbedire a qualunque istruzione, per quanto difficile.

Ripeté a se stesso di avere sempre saputo che la vita di un rivoluzionario era dura, e che si dava per scontato fosse pronto al più totale sacrificio personale; provò vergogna per avere vacillato davanti alla prima impresa davvero difficile che gli avessero chiesto di affrontare. La sua reazione era particolarmente deplorevole in considerazione della straordinaria fiducia che il Bureau, con ogni evidenza, riponeva in lui: era ovvio che una missione del genere poteva venire affidata solo a un militante che ritenessero indiscutibilmente saldo, e che consideravano a tutti gli effetti uno dei loro. Desmond si intristì al pensiero di quanto poco meritasse in realtà la fiducia del partito, e di come tutto fino ad allora gli fosse stato fin troppo facile: aveva vissuto negli agi, godendo il meglio dei due mondi, e ora, di fronte al primo compito davvero sgradevole, eccolo a tentennare e temporeggiare.

Si sentì talmente lusingato e rinfrancato dalla considerazione dei suoi amici da arretrare davanti al rischio di deluderli dimostrandosi schizzinoso. Nessuno aprì bocca durante quelle riflessioni, e fu lui a interrompere il silenzio battendo la pipa sulla grata.

«Bene» disse in russo. «Ora bisogna discutere dei dettagli pratici.»

«Il Bureau ha deciso di delegarle personalmente ogni dettaglio» disse Alek, e aggiunse «a un'unica condizione – che l'incarico venga portato a termine entro una settimana.»

«Non vi rendete conto» protestò Desmond, ora tornato in pieno possesso di sé «che una missione come questa richiede una preparazione meticolosissima? Potrebbero volerci dei mesi.»

«Non possiamo permetterci di lasciare informazioni di questa entità nelle mani di un individuo non autorizzato e potenzialmente inaffidabile» disse Alek.

Desmond sapeva meglio di Alek quanto fosse vera quell'affermazione e sentì che sarebbe stato disonesto da parte sua insistere nel contraddirlo. Si alzò e mise fine alla riunione dicendo quasi con arroganza: «Informerete il Bureau che ho ricevuto le mie istruzioni».

«Ci rivedremo tra una settimana, stesso giorno, stessa ora» rispose Alek, imperturbato.

Preso commiato con fredda formalità, Desmond uscì a passo di marcia e si inoltrò nel parco; tornò a casa a piedi, attraversando i bassifondi di Camden Town, deciso a recuperare il controllo dei propri sentimenti scossi. Per prima cosa, era un dato di fatto che andassero prese immediatamente misure risolutive. Impossibile fingere che il Bureau non avesse compreso perfettamente l'essenza della questione. Ma era facile per loro assumere una visione obiettiva – *loro* non erano coinvolti emotivamente.

A quel pensiero, Desmond fu costretto ad ammettere con se stesso che a maggior ragione il loro approccio andava giudicato più pragmatico e corretto del suo. La visione puramente oggettiva del Bureau, rammentò a se stesso, precisamente in quanto non distorta da considerazioni di natura personale era da considerarsi più valida della sua.

Si costrinse a guardare in faccia l'alternativa: se veniva a mancargli la convinzione proprio ora, tutta la sua vita risultava insensata, priva di significato. In ogni caso, qualunque cosa facesse, la possibilità di rappezzare il suo rapporto con Harriet appariva molto remota, e il rifiuto di obbedire agli ordini lo avrebbe fatto espellere dal partito; a quel punto non gli sarebbe rimasto nulla per cui valesse la pena di vivere. Non si può esistere solo per se stessi e l'idea di tirare avanti senza poter credere in qualcosa di più importante del proprio irrilevante piccolo io gli era intollerabile. Dal punto di vista razionale il problema non sussisteva affatto: era illogico e meschino preferire una singola e insignificante borghese a un movimento storico di milioni di essere umani ai quattro angoli del pianeta. Il suo dovere era chiarissimo, pensò, restavano in dubbio solo il suo coraggio e la sua dedizione.

Come al solito il Bureau aveva visto giusto nel condannare, fin da principio, il suo matrimonio. Desmond si sforzò di escogitare un piano concreto, ma scoprì di riuscire a pensare solo in termini di astrazioni generali. Rifletté sul principio del lavoro e della discussione collettivi e si sentì più che mai convinto che un solo individuo non può pretendere di riunire in sé pensiero e azione con l'efficienza obiettiva alla portata di un gruppo di persone disciplinate che opera di concerto per il medesimo traguardo. Gli tornò in mente un brano letto sulla rivista di teoria politica del partito: l'autore esprimeva con grande concisione una verità cruciale che, si rese conto, era particolarmente pertinente al suo dilemma: l'articolo, scritto dal più autorevole marxista inglese, affermava che il decadere dell'individualismo capitalista e lo sviluppo di forme socialiste di produzione rendevano obsolete le considerazioni morali del passato, e che la ristretta preoccupazione vittoriana di rettitudine personale doveva ora fare posto al ben più adeguato e moderno concetto di responsabilità sociale.

Desmond vedeva chiaramente ciò che l'autore dava per sottinteso, ovvero che in pratica ciò significava il riconoscimento della volontà collettiva del partito come criterio etico più valido di qualunque rimorso residuo della coscienza individuale – la quale era il risultato dell'ambiente capitalista nel quale tutti, fuori dall'Unione Sovietica, erano cresciuti. Desmond sorrise tra sé e sé al pensiero di quale coagulo confuso di pregiudizi inconsci, emozioni irrilevanti, ipocrisia e pura e semplice ignoranza passasse sotto il nome di coscienza. Ricordò un romanzo sovietico intitolato *L'artista ignoto*, nel quale un personaggio affermava: «Moralità? Non ho tempo di lambiccarmi su quella parola. Ho già il mio da fare a costruire il Socialismo. Comunque, dovendo scegliere tra la moralità e un paio di braghe, scelgo le braghe». La formulazione era grossolana, pensò Desmond, ma in sostanza riassumeva la corretta prospettiva bolscevica.

Assorto nei suoi pensieri, si era incamminato direttamente verso casa, e quando si trovò a St John's Wood si guardò in giro in cerca di un taxi per intraprendere il consueto tragitto di depistaggio. D'un tratto, gli venne da pensare a quanto fosse superfluo, nel suo frangente attuale, intensificare invece che rilassare le consuete cautele e vigilanze.

Per principio si attardò un'altra ora girovagando per Londra prima di attraversare Kensington Gardens e sbucare su Bayswater Road e Sussex Square. Era spossato dalla lunga camminata e dall'intensità lancinante delle sue riflessioni ed emozioni, e andò dritto a letto senza rendersi conto di non avere in realtà preso alcuna decisione sul da farsi.

9

Con gran rabbia di Desmond, proprio mentre si accingevano a partire per Norfolk, Harriet d'un tratto insistette perché portassero con loro anche Broadstone. A colazione aveva riflettuto sulla composizione della comitiva e si era resa conto che agli altri sarebbe parso strano se lei e Desmond avessero dormito in stanze separate; ma se ci fosse stata anche Broadstone, l'unica sistemazione possibile sarebbe stata che Desmond condividesse la camera del colonnello Hammerton, e la domestica disponesse una brandina nel disimpegno di quella di Harriet. La trovata era perfetta, perché una volta coricati Desmond si sarebbe visto precludere ogni possibilità di fare irruzione da Harriet per la sua arringa politica serale.

Erano in ritardo e Desmond ne fu particolarmente contrariato perché ci teneva all'assoluta puntualità quando aveva a che fare con il colonnello. Tuttavia, quando accostarono davanti alla porta di casa Hammerton e lo trovarono ad aspettarli seduto sui gradini con i suoi bagagli, Desmond scese baldanzoso dall'auto e gridò: «Ehilà! Lei ha mezz'ora di ritardo!».

«L'attacco è la miglior difesa, eh?»

«La prego di scusarci» disse Desmond allegramente. «Harriet ha avuto qualche difficoltà ad aggiustarsi il trucco.»

«Direi che l'abbia risolta straordinariamente bene.»

Il botta e risposta scherzoso proseguì mentre fissavano i bagagli al portapacchi posteriore e l'umore di tutti era decisamente migliorato quando si avviarono di nuovo lungo Piccadilly. Broadstone era contenta perché le erano sempre piaciute le gite in macchina, e tanto più lunghe tanto meglio; Harriet era lusingata dai complimenti di Hammerton, e Desmond sollevato dalla tensione di trovarsi sempre solo con una persona alla quale rivolgeva a stento la parola. Quanto al colonnello, non vedeva l'ora di andare a caccia.

All'una circa sostarono in una locanda di campagna e ordinarono birra, pane e formaggio: sedettero sulle panche a un tavolo di legno massiccio insieme a due braccianti e parlarono del raccolto e delle piogge troppo abbondanti. La vivace cameriera bionda li trovò simpatici e si offrì di preparare una teiera, se poteva far piacere. Harriet avrebbe preferito un caffè, ma sapeva quanto Broadstone tenesse al suo tè, e comunque Hammerton, che fingeva di flirtare, aveva risposto: «Lei ci fa piacere, eccome» senza darle il tempo di decidere.

Quando dopo pranzo la donna li lasciò soli per qualche minuto, Desmond e il colonnello si sfidarono a freccette, scommettendo monete da un penny. Prima di partire, Desmond, che aveva pasteggiato ad acqua brillante e non a birra, ne aveva giù intascate sette. Procedettero a velocità sostenuta perché Harriet voleva raggiungere la fattoria prima degli altri membri della brigata, così da preparare tutto per il loro arrivo.

Giunsero a destinazione prima dell'imbrunire. La casa distava circa cinque chilometri dal villaggio, e incombeva sulle paludi grigiastre che digradavano fino al mare; sorgeva isolata, un edificio di cinque piani senza altre case in vista, e colpiva per la semplicità georgiana della facciata, squadrata e ampia. Vista di lato era un po' ridicola, perché ospitando una sola stanza per piano non aveva profondità, tanto da sembrare un fondale posticcio sbirciato da dietro le quinte di un teatro: l'intonaco era scrostato e qua e là mostrava i mattoni rossi sottostanti, e il tetto nero spiovente era costellato di muschio. I fienili e le stalle tozze sul retro esageravano per contrasto lo svettare pretenzioso della facciata.

Desmond sterzò nel cortile accostando alla porta della cucina sul retro, poi scesero tutti a stringere la mano della moglie del fattore e a portare i bagagli nella stretta anticamera. Harriet trovò buffa la fattoria e per un istante pensò che era proprio tipico di Desmond avere scelto di affittarne una così deliziosamente eccentrica. Ma poi le tornò alla mente la loro disperata situazione coniugale e per non piangere si costrinse a concentrarsi sulla necessità di stendere le lenzuola per arieggiarle. Aprì la porta della sala da pranzo, entrò e contemplò desolata le macchie di umidità sulla sudicia carta da parati color cremisi, sentendosi però subito meglio alla vista della distesa di canneti selvatici e del mare bruno che si godeva dall'ampia finestra.

Dal cortile si sentì strombazzare un clacson e Harriet ritrovò la compostezza per uscire ad accogliere i suoi ultimi due ospiti. Uno di questi, Henry Maitland, era un avvocato magro con i capelli che cominciavano a ingrigire e una leggera balbuzie, l'altro un aitante soldato della marina di nome Edward Oglander. Era benestante e conosceva Desmond dai tempi della scuola. Indossava un chiassoso completo scozzese che lo faceva somigliare a un biscazziere e che Harriet fissò senza volerlo con una smorfia di disappunto. I due la salutarono con battute affabili e cordiali e lei fu loro grata per la disinvoltura con la quale fingevano di conoscerla da sempre, e non dal minuto in cui avevano varcato la soglia.

«Vi mostro le vostre stanze» disse. «In sala da pranzo c'è odore di formaggio stantio: non garantisco per le camere da letto.»

Raggiunsero Desmond, Hammerton e la moglie del fattore nella cucina lastricata in pietra e aprirono una bottiglia di whisky. Broadstone era andata di sopra a togliere dalle valigie gli abiti di Harriet, e la fattrice, presa da un attacco di timidezza, rifiutò l'offerta di un bicchiere con la scusa di salire a darle una mano.

Si separarono fino all'ora di cena: Hammerton a letto a riposare, Harriet e Broadstone a riempire d'acqua calda bottiglie di birra da un litro e a infilarle tra le lenzuola, Oglander, Maitland e Desmond nella sala d'armi a oliare e lucidare i fucili.

La conversazione era rilassata e Desmond ebbe modo di riflettere senza con questo apparire scontroso. Pensava ancora alla questione della moralità e si disse che, per quanto fosse probabile che in futuro venisse elaborata una specifica etica marxista, per il momento aveva ragione il personaggio di quel romanzo sovietico: finché il comunismo non avesse trionfato in tutto il mondo, esisteva un unico criterio ragionevole per distinguere il bene dal male: era un bene qualunque azione atta a favorire la rivoluzione, e un male tutto ciò che la intralciava.

Desmond era disposto ad ammettere che nella realtà le cose non erano sempre così semplici, poiché alcune azioni potevano tendere simultaneamente verso entrambe le direzioni; ma anche in quel caso, pensò, in generale si riusciva a capire quale dei due aspetti predominasse, e conseguentemente quale fosse la via giusta. Gli sfuggì un sospiro e irrigidì i muscoli del volto, sporgendo visibilmente la mandibola mentre fissava uno sguardo torvo dentro le canne tirate a lustro del fucile.

«Qualcosa non va?» domandò Oglander. «Ruggine?»

«Una macchia d'olio, credo.»

«Fammi vedere.»

Oglander ispezionò la canna impeccabilmente pulita, e disse: «Se questo secondo te è un fucile sporco, sono ben contento di non appartenere al tuo reggimento».

Desmond si sentì lusingato del tono di ammirazione nella voce dell'amico e lanciò un'altra occhiata alla canna.

«Forse è stato un effetto della luce» disse.

Discussero animatamente di cartucce: il guaio, disse Desmond, era che non avendo trovato battitori avrebbero dovuto camminare loro stessi tra le stoppie dei campi, e poi quell'anno abbondavano i piccioni e bisognava decidere se caricare pallettoni da sei per le pernici o da quattro per i piccioni. L'ovvio compromesso di scegliere quelli da cinque, concordarono tutti, non era soddisfacente, perché con un piccione in fuga niente funzionava davvero a dovere quanto il quattro. E poi c'erano da considerare le beccacce, disse Maitland.

Desmond suggerì che una volta raggiunta la palude potevano facilmente passare agli otto. Il problema era sulla terra ferma, dove avrebbero trovato anche le lepri.

Si appassionarono al dibattito finché fu ora di cambiarsi per la cena.

Poco prima delle otto si riunirono nel salone a bere gli aperitivi preparati da Oglander. I cocktail erano carichi e tutti, escluso Desmond, ne bevvero tre o quattro, così che quando si spostarono in sala da pranzo la conversazione era piuttosto animata. Il pasto consistette di zuppa di lepre, prosciutto cotto, mandarini, formaggio e caffè.

Discussero dei progetti per il giorno dopo e decisero di trascorrere mattina e pomeriggio sulla terra ferma e di avventurarsi dopo cena nelle paludi a caccia di anatre, approfittando della luna. Desmond dichiarò di averli avvertiti che la battuta sarebbe stata laboriosa e complicata dalla varietà di prede.

«Chiedo scusa per la mancanza di battitori» disse. «Il fatto è che gli uomini sono tutti impegnati nel raccolto delle patate.» Poi aggiunse: «Potremmo tentare di corromperne qualcuno con una bustarella».

Presero in considerazione il suggerimento e Maitland propose di parlarne con il fattore dopo cena.

«Non contate su di me» disse Hammerton. «Sono contrario a tutto ciò che interferisce con il lavoro agricolo.»

Desmond si arrabbiò con se stesso per avere dimenticato l'entusiasmo del colonnello per l'agricoltura: ovvio che avrebbe disapprovato. Bevve un sorso di orzata e pensò con irritazione che aveva cominciato a perdere colpi fin dal primo giorno del suo matrimonio.

«Naturalmente, ha ragione lei» disse in tono schietto, rivolgendosi a Hammerton. «Il mio suggerimento era inqualificabile.»

«Perfido, davvero» disse il colonnello.

Gli altri presero l'episodio meno seriamente di Desmond e ripresero subito a chiacchierare. Dopo cena gli uomini fecero una partita a bridge e poi si coricarono presto. Harriet sedeva a lavorare ai ferri un golfino giallo acceso. Curioso, si disse, quanto si stesse divertendo, ma poi si rese conto che l'unico motivo era la rarità delle occasioni in cui si era trovata sola con Desmond.

La mattina seguente, quando si avviarono in auto dopo colazione, il tempo era bello anche se ventoso. Avevano a disposizione un solo guardacaccia con tre cani e Harriet fu invitata a seguire Desmond per aiutarlo a puntare la selvaggina. Lei stessa non cacciava, ma assistere a una battuta le era sempre piaciuto e, pensò, dalla sua postazione si sarebbe trovata a portata di conversazione con tutti gli altri; comunque sapeva che Desmond sarebbe stato troppo intento a competere per il carniere più ricco perché gli venisse in mente di intrattenere con lei discorsi troppo privati o delicati.

Gli uccelli erano di allevamento, ma ce n'erano pochi. Harriet apprezzava il brivido di camminare lentamente, aspettando da un momento all'altro che uno spiccasse il volo schiamazzando a pochi metri da lei. Trasaliva ogni volta, ma era emozionante vederli sospesi un istante a mezz'aria, prima di piombare a terra con un tonfo.

Poco prima di pranzo decisero di inoltrarsi in una macchia in cerca di fagiani: il sottobosco era fitto e i rami che pendevano pericolosamente dall'alto intralciavano la visuale, rendendo difficile prendere la mira: si persero di vista nel fitto degli alberi e dovettero prendere la precauzione di gridare di tanto in tanto per segnalare la propria posizione ed evitare incidenti.

A un certo punto Desmond si voltò a guardare Harriet, che si era fermata ad allacciarsi una scarpa, e vide una lepre sfrecciare via proprio alle sue spalle. Alzò il fucile e poi lo abbassò di nuovo, pensando a quanto terribilmente facile sarebbe stato, per un cacciatore inesperto o trascinato dall'entusiasmo, arrischiare il colpo e colpire Harriet. Si girò in fretta e gridò per individuare gli altri: erano parecchio più avanti, e lui rimase un momento ad aspettarla stringendo convulsamente il fucile, con lo sguardo a terra. Poi inserì la sicura e le disse con durezza: «Sbrigati: non oso sparare finché non ci siamo rimessi in pari».

Sbucati nuovamente sui campi di stoppie, Desmond abbatté undici uccelli con undici cartucce. Aveva dimostrato una mira ammirevole, e quando rientrarono per pranzo alla fattoria tutti si congratularono con lui; ma malgrado il loro entusiasmo cordiale lui sembrava depresso e taciturno. Il clima a tavola sarebbe stato imbarazzante se l'esercizio fisico della mattinata non avesse rianimato Harriet, spingendola a chiacchierare spensieratamente con Oglander, il quale per parte sua badava raramente allo stato d'animo altrui. Hammerton aveva appetito e fece onore alle pietanze, e Maitland al talento che si era sempre attribuito di rompere un silenzio ben prima che risultasse opprimente.

Dopo pranzo Harriet disse che si sarebbe stancata troppo partecipando a ogni battuta, e che preferiva risparmiare le forze per la caccia notturna alle anatre.

«Comunque» disse «se riuscite a cavarvela con una sola automobile, dovrei andare in paese per la spesa.»

«Perché non telefoni?» domandò Desmond.

«Sai che non si ottiene mai niente ordinando per telefono, e comunque nemmeno io so cosa voglio finché non lo vedo.»

Harriet partì insieme a Broadstone non appena gli uomini se ne furono andati. Il paese era congestionato dal mercato, così parcheggiarono l'auto e con i cestini infilati al braccio si avviarono a piedi lungo le strette vie del centro. Harriet comprò delle aragoste. Si trovarono a passare davanti a un enorme cinema di cemento e notarono in cartellone un film intitolato *Casablanca.*

«Pare sia magnifico» disse Harriet.

Si fermarono a guardare le foto sulla locandina e Harriet lanciò un'occhiata all'orologio, poi controllò l'orario d'inizio spettacolo. Se fossero entrate subito, calcolò, potevano vedere tutta la pellicola e tornare in tempo per la cena. Esitò, sentendosi in colpa, e guardò la sua domestica.

«Mi sembra un peccato andare in campagna per poi chiudersi dentro a un cinema in un pomeriggio tanto bello.»

«Mi sono sempre piaciuti i film» rispose Broadstone.

Entrarono, e Harriet prese due biglietti per la prima fila in platea: il film era un'accattivante versione patinata e moderna del tradizionale intrigo di spionaggio, e quella seducente mescolanza di camerieri inquietanti, sfavillanti donne fatali e ambientazione esotica era talmente lontana dall'esperienza di prima mano che Harriet si era fatta con le attività di spia di Desmond che qualunque collegamento con la sua vita reale le passò completamente inosservato. Si lasciò trasportare dalla storia e all'uscita si accorse che avevano fatto molto più tardi del previsto.

La corsa per tornare alla fattoria fu rinvigorente, e a cena Harriet si sentiva più felice di quanto fosse stata da settimane. Gli uomini parlarono del pomeriggio trascorso e delle prospettive per la serata. La luna illuminava a giorno, e a detta di Hammerton la recente sequenza di notti limpide doveva avere attirato germani a centinaia.

Harriet parlò con entusiasmo del film che aveva visto, e nessuno si accorse dell'atteggiamento ancora stranamente teso e silenzioso di Desmond.

Mentre consumavano grandi tazze di caffè nero corretto al rum, Broadstone entrò in sala ad avvertire che Hammerton era desiderato al telefono, da Londra.

Il colonnello tornò dalla telefonata con l'aria, come disse Oglander, di aver vinto la lotteria. Era raggiante, e disse di avere parlato con il suo secondo in comando e di avere appreso una notizia a tutto vantaggio di Desmond. Poi sedette e sollecitò Desmond a tirar fuori una bottiglia del suo brandy migliore.

«Che succede? Vuoti il sacco» disse Maitland.

«Brandy» insistette Hammerton, godendo a lasciarli in sospeso.

La bottiglia venne messa in tavola e Hammerton propose un brindisi – a Desmond. Spiegò che in seguito alla spontanea interferenza di un certo ufficiale molto in alto nello stato maggiore imperiale, egli stesso avrebbe dovuto rinunciare a un aiutante abbastanza soddisfacente, poiché Desmond aveva ottenuto un incarico di massima responsabilità nello stato maggiore, accompagnato da una promozione di almeno due gradi.

«La prossima volta che ti vedremo in parata ostenterai le mostrine rosse» disse.

Maitland e Oglander esplosero in fischi e applausi solo parzialmente ironici, e alzarono entusiasticamente i calici allo straordinario successo di Desmond.

«Lei non brinda?» domandò Hammerton a Harriet.

«No» rispose lei, cupa.

«Suo marito ha un brillante futuro davanti a sé» disse il colonnello in tono serio.

Harriet non aprì bocca.

«Non si abbatta» disse Hammerton. «Potrà accompagnarlo nei suoi viaggi a Washington e chissà dove. Le piacerà.»

«Desmond ha in programma di congedarsi dall'esercito per entrare in politica» disse Harriet, e poi aggiunse: «Intende diventare comunista».

«Non sei affatto divertente» ringhiò Desmond, a voce alta e con un'aggressività che lasciò tutti di stucco.

«Infatti non c'è niente da ridere» ribatté Harriet a labbra strette, guardandolo fisso negli occhi.

Chi le capisce, le donne, pensò Hammerton; e per alleggerire l'atmosfera disse che avrebbero finito il brandy al ritorno, era ora di uscire e andare a caccia di anatre.

«La luna non aspetta nessuno, nemmeno i pezzi grossi come Desmond» li incitò.

Harriet decise che avrebbe sfruttato l'occasione per mettere finalmente le carte in tavola con Desmond, e senza una parola salì di sopra a indossare scarpe più adatte.

Attraversarono il canneto in fila indiana, poi si divisero in tre gruppi: Desmond e Harriet, Hammerton con il guardacaccia, Maitland insieme a Oglander.

Sulla sponda di uno specchio d'acqua sgombro Desmond e Harriet si nascosero e rimasero in silenzio a osservare i richiami che avevano lanciato al centro dello stagno illuminato dalla luna, drizzando le orecchie in attesa di sentire frullare le ali dei germani scesi in cerca di cibo. Harriet fece per parlare, ma Desmond le intimò di tacere se non voleva spaventare la selvaggina in un raggio di miglia. Lei non si diede per vinta, ma poiché lui si rifiutava di rispondere dopo qualche minuto si zittì. Restò immobile tra le canne, abbattuta e incapace di decidere sul da farsi. Senza dubbio, pensò, bisognava impedire a ogni costo che Desmond assumesse il nuovo incarico, ma quanto al come non riusciva proprio a immaginarlo.

Sbirciando tra gli steli scuri fissò lo sguardo su quelle anatre di legno così evidentemente fasulle che galleggiavano sull'acqua increspata. Erano versioni gigantesche di quelle che si mettono nella vasca per il bagnetto di un bambino, pensò. E d'un tratto fu colta dal terrore: e se fosse stata incinta? Tutto le sembrava di una difficoltà insormontabile, tanto che le venne la nausea e deglutì rumorosamente. Il cocker accanto a loro cominciò a guaire, lei si chinò ad accarezzarlo e Desmond le sibilò di stare ferma; stavano arrivando, disse.

Stirando i lunghi colli, uno stormo di una ventina di anatre selvatiche arrivò in volo e Desmond ne abbatté due con altrettanti colpi di doppietta. Poco dopo sentirono Hammerton, a distanza di una cinquantina di metri, sparare due volte. Gli uccelli feriti caddero in acqua sbattendo convulsamente le ali e il piccolo cocker, eccitatissimo, nuotò uggiolando verso di loro. Harriet cercò di trattenere il brivido di entusiasmo e soddisfazione provato per l'abilità di Desmond.

Rimasero in attesa dello stormo successivo. Desmond si girò a guardare la nuca di Harriet, che a pochi metri da lui gli dava le spalle, spiccando sullo sfondo del cielo. Alzò il fucile, puntando le canne lucidate verso la sagoma scura della sua testa in controluce: con un scatto brusco tolse la sicura e, sudando, appoggiò il dito al grilletto per un secondo, poi fece fuoco e la abbatté come un coniglio.

Desmond urlò, poi dalla gola gli uscì un latrato gorgogliante e quando Hammerton e gli altri si precipitarono a raggiungerlo schiumava saliva dagli angoli della bocca. Apriva e richiudeva la mandibola come un forsennato, ma non riusciva a proferire parola e, all'avvicinarsi di Oglander, svenne, accasciandosi sulla sponda fangosa dello stagno.

Hammerton girò delicatamente il corpo di Harriet per tastarle il polso ed emise un lungo sospiro di sollievo avvertendo forte e chiaro il battito del suo cuore. Inzuppò d'acqua il fazzoletto, le bagnò la fronte e lei aprì gli occhi domandando con voce fioca cosa fosse accaduto.

Bagnarono il viso di Desmond, che riprese i sensi e riuscì a tornare a casa sulle sue gambe. Hammerton, Oglander e Maitland, a turno, portavano Harriet in braccio. Non era stata colpita, ma lo scoppio, e l'impatto della caduta, erano stati così violenti che non si reggeva i piedi. Aveva un mal di testa lancinante e un'escoriazione alla nuca che le provocava un dolore sordo.

Alla fattoria, Oglander chiamò un medico mentre Broadstone la metteva a letto con un paio di bottiglie di acqua calda. Hammerton versò un brandy con soda a Desmond e si sforzò di consolarlo: dopotutto non era la prima volta nella storia che a qualcuno partiva un colpo per sbaglio, e comunque tutto è bene ciò che finisce bene; Harriet aveva soltanto i nervi un po' scossi, Desmond ne era uscito molto peggio di lei.

Quando, un'ora dopo, arrivò il medico, ordinò a Harriet riposo assoluto per un giorno o due. Sempre meglio essere cauti in caso di commozione cerebrale, per quanto lieve; ma comunque non aveva rilevato alcuna lesione seria.

Harriet rimase in casa a leggere per il resto della vacanza in campagna. Il giorno prima di tornare a Londra, ormai stufa di romanzi, decise di finire il libro sulla psicopatologia della vita quotidiana che aveva iniziato durante il viaggio in Svizzera. Lo trovò ostico e noioso, ma al tempo stesso stranamente angosciante.

Desmond non accennò all'incidente, né poté parlarle in privato poiché lei lo evitava con cura lasciando la stanza ogni volta che si ritrovavano soli. Per lui fu un sollievo che si comportasse così, perché non aveva nulla da dire e aveva il terrore di infiacchire il proprio proposito dimostrandole gentilezza, sollecitando il suo affetto e inducendo se stesso a ricordare l'amore che un tempo aveva provato per lei.

10

Non appena rimisero piede a Sussex Square, Desmond uscì, intabarrato in un vecchio cappotto blu, per recarsi all'appuntamento con Mark e Alek. Era furibondo con se stesso per la propria inettitudine, e mortificato alla prospettiva di dover confessare il suo fiasco a due subalterni. Allo stesso tempo era gratificante, si consolò, poter annunciare loro la sua promozione.

L'intero *affaire* Harriet avrebbe dovuto venire riesaminato, e occorreva un piano nuovo, e infallibile. Un secondo incidente avrebbe destato sospetti e dunque era chiaro, pensò Desmond, che il Bureau doveva collaborare con lui, collegialmente e attivamente. Un singolo individuo non poteva portare a termine da solo una missione tanto complicata e pericolosa.

Nel salotto del seminterrato era acceso il caminetto. Desmond sedette di schiena al fuoco e fece rapporto, esprimendo le proprie raccomandazioni in maniera succinta e incisiva.

«Dove si trovava al momento di sparare?» domandò Alek.

«A qualche metro.»

«La prego di spiegarmi come può avere mancato il bersaglio a una distanza tanto ravvicinata» disse Alek.

«Era buio.»
«Perché non ci ha provato di giorno?»
«Per l'ottimo motivo» rispose Desmond, indispettito «che rischiavo di venir colto in flagrante da uno degli altri partecipanti alla battuta.»
«Che giorno era?»
Desmond glielo disse.
«A che ora?»
«Circa le dieci, mi pare.»
«Il nome della fattoria?»
«Fulton Wick.»
«E quello del fattore?»
«Perché diavolo mi sta facendo queste domande?» si inalberò Desmond.
«Dobbiamo dedurne» disse Mark con espressione sorniona «che preferisca nascondere tali informazioni al Bureau?»
«No, niente affatto» rispose Desmond.
«Quali misure intende prendere ora per eseguire le istruzioni ricevute?» domandò Alek con tono paziente.
Anche se gli costava molto, Desmond si impose di mantenere la calma: c'erano in gioco i suoi rapporti con il partito, una posta troppo alta per permettere al suo disprezzo per la stupidità di Alek di guastare tutto.
«Come ho già detto, chiedo l'assistenza concreta del Bureau» disse. «Potete trasmettere la richiesta come mio parere definitivo.»
«Le istruzioni sono chiare» disse Alek. «Lei è responsabile unico della missione.»
Desmond si rese conto che sia Mark sia Alek erano ancora più inesperti di quanto avesse creduto. Non solo non comprendevano di non godere in Inghilterra i privilegi di funzionari di stato, spalleggiati dal potere compatto del-

la polizia e della legge, di cui godevano in patria. In aggiunta a questo, per mancanza di immaginazione non afferravano nemmeno il semplice concetto che in un paese straniero il lavoro clandestino non poteva essere condotto sulla base di rigidi ordini burocratici. Stava a lui, decise, aiutarli a correggere il loro approccio.

«Sono membro del partito da più tempo di voi, e ho maggiore esperienza» disse in tono paterno «e mi accorgo che ancora non siete pratici della vostra funzione qui. È mio dovere insegnarvi tutto ciò che posso, ma questo richiede da parte vostra un atteggiamento di maggiore umiltà.»

Desmond studiò attentamente i loro volti inespressivi, poi proseguì parlando del bisogno di una pianificazione il più possibile flessibile e collaborativa; per evitare di sembrare presuntuoso, rammentò loro di come lui stesso fosse incappato nel grave errore di dimenticare questi principi, sposandosi senza previa autorizzazione.

Alek decise che era il momento di finirla con le schermaglie e venire al dunque.

«Accetta o no di eseguire le istruzioni ricevute?»

Desmond stava per sbottare, ma riuscì a controllarsi e rispose con voce ferma: «In linea di principio, naturalmente sì; ma un secondo tentativo, affrettato e disorganizzato, sarebbe una follia».

Sulla strada di casa Desmond ripensò alla riunione: la cosa da tener presente, concluse, era che Mark e Alek erano troppo giovani per essere stati rivoluzionari. Erano funzionari, semplici burocrati, e sarebbe stato sciocco da parte sua pretendere da loro il cameratismo che lega i veri sovversivi; non si erano mai trovati in conflitto con l'autorità costituita e, naturalmente, la loro psicologia era ben diversa da quella di chi era avvezzo a correre dei rischi e a compiere sacrifici, esponendosi per la causa.

Mark e Alek si erano sempre conformati al potere vigente – altrimenti non sarebbero mai stati promossi a quella posizione di responsabilità – e ragionavano da giovani poliziotti più che da politici iconoclasti. Desmond pensò al puerile interrogatorio di Alek, un vero terzo grado, e concluse che probabilmente si erano formati entrambi in qualche commissariato di provincia.

La mattina dopo Alek comunicò al Bureau che Lightfoot aveva dato prova di un atteggiamento indisciplinato, polemico ed evasivo: non aveva eseguito le istruzioni, e in risposta a una domanda diretta si era trincerato dietro ulteriori difficoltà e controproposte il cui evidente scopo era prendere tempo.

Il vicedirettore, che ancora non aveva deciso cosa raccomandare, sottolineò ai partecipanti della riunione in primo luogo il fatto che Lightfoot si era dimostrato inaffidabile, e secondariamente che aveva proposto di coinvolgere direttamente il Bureau nell'eliminazione, per ragioni che ancora restavano occulte. Parlò di nuovo della critica situazione internazionale e terminò su una considerazione generale, richiamando i presenti alla gravità delle loro responsabilità.

Il rappresentante del partito, Mankovsky, fece sentire la sua voce profonda e ponderata: disse che si rischiava di trascurare un aspetto importante della questione, ovvero la promozione di Lightfoot. Era più che mai necessario evitare di saltare a conclusioni che potessero privare il movimento di un contatto divenuto ancora più prezioso.

Il rappresentante dell'NKVD colse al volo una pausa per interrompere bruscamente l'intervento e suggerire che quella promozione poteva non essere casuale. Doveva ricordare ai presenti che ora Lightfoot si sarebbe trovato in costante contatto con il Professore, e che non era da escludersi che questo fosse precisamente l'obiettivo delle autorità inglesi.

«Stava parlando il rappresentante del Partito» lo rimproverò severo il vicedirettore.

Mankovsky riprese impassibile il filo del suo discorso, dichiarando che nel lavoro rivoluzionario era inevitabile correre dei rischi, e di non poter approvare la meschina cautela burocratica che aveva inteso nelle parole dell'ultimo oratore. Come già affermato, i precedenti di Lightfoot erano ottimi, e il fatto che non avesse ancora dato esecuzione a una consegna particolarmente gravosa non ne confutava automaticamente la lealtà. La questione non era di natura astratta, erano coinvolti uomini e donne in carne e ossa, e certo a nessuno degli astanti avrebbe fatto piacere vedersi assegnare una missione come quella toccata a Lightfoot. Stava al Bureau, concluse, avere il coraggio di decidere se dare o meno per scontata la sincerità di Lightfoot e offrirgli il massimo della collaborazione qualora si stabilisse che, nel complesso, fosse più plausibile ritenerlo affidabile, oppure no.

Il vicedirettore era più preoccupato di eseguire alla lettera la decisione del Cremlino che di soppesare i pro e i contro della situazione specifica sul tavolo del Bureau. Mosca aveva ordinato che Lightfoot liquidasse la donna. Il dovere del Bureau era accertarsi che ciò avvenisse: era questo, decise improvvisamente il vicedirettore, il nocciolo della questione.

«Il compagno Mankovsky ci ha offerto un prezioso orientamento politico» disse «e personalmente ritengo giusto dare fiducia alla buona volontà di Lightfoot, concedendogli una seconda possibilità. Quanto ora resta da decidere è la natura e l'entità della collaborazione concreta che il Bureau è in grado di offrirgli.»

Il rappresentante dell'NKVD era ben consapevole del potere del partito, al quale naturalmente era iscritto, e non aveva alcuna intenzione di isolarsi, mettendosi all'opposizione.

«Va da sé» disse, sulla difensiva «che è mio *dovere* essere sospettoso, ma questo non significa affatto che io sia necessariamente in disaccordo con la posizione del compagno vicedirettore. Desidero solo accertarmi che siano state prese in esame tutte le possibilità.»

Discussero per un po' di vari metodi di eliminazione e alla fine Mankovsky propose che, nella fattispecie concreta, il modo più pratico di mandare a effetto le istruzioni del direttore consisteva nell'ordinare a Lightfoot di formulare e presentare al Bureau un piano dettagliato, compreso un rendiconto specifico del tipo di assistenza di cui riteneva di avere bisogno. A quel punto, sulla base del progetto di Lightfoot, il Bureau avrebbe deciso esattamente ciò che avrebbe o non avrebbe fatto.

Alek, che non aveva più aperto bocca dopo aver fatto rapporto, venne incaricato di trasmettere tale decisione a Lightfoot, dopodiché i membri del Bureau lasciarono la stanza secondo le consuete precedenze gerarchiche.

Quando quella sera si presentò a Hampstead, Desmond si sentì rinfrancato notando che i modi abitualmente bruschi di Alek apparivano in parte mitigati. Evidentemente, pensò, i vertici del Bureau erano soddisfatti della sua promozione e avevano apprezzato il suo buon senso nel proporre di eseguire le istruzioni in maniera organizzata. Il miglioramento nell'atmosfera del seminterrato era talmente sensibile che Desmond ritrovò la consueta sicurezza e, presa la strada del ritorno verso Ken Wood, cominciò a pensare che, in definitiva, sarebbe riuscito a trovare una via d'uscita da quella situazione incresciosa.

Si diresse al suo club.

La riunione aveva avuto luogo alle sei e dunque era in tempo per la cena delle otto. Almeno una dozzina di conoscenti si congratularono con lui per la nomina, e conversazioni e cordialità lo tennero occupato fino alle undici. Poi individuò una poltrona comoda e ci si sprofondò.

Il guaio, pensò, era che doveva agire tempestivamente, perché non poteva permettere a Harriet di dichiarare un'altra volta in pubblico che lui avrebbe rassegnato le dimissioni. Per fortuna nessuno a Fulton Wick l'aveva presa sul serio, ma la gente avrebbe cominciato a domandarsi cosa c'era sotto, se lei avesse ripetuto un'affermazione del genere. Che lo facesse era inevitabile, decise Desmond, e non appena raggiunta quella conclusione si sentì svuotato di tutto il precedente ottimismo e l'intera situazione gli sembrò troppo aggrovigliata e deprimente anche solo per continuare a rifletterci.

I suoi pensieri presero a divagare verso i ricordi della sua infanzia in Irlanda, tanto che a più riprese dovette costringersi a tornare sul problema in esame. Si sforzò di elencarne gli elementi distintamente, uno alla volta. Un altro incidente era ovviamente fuori discussione. Un suicidio era difficile da organizzare, ma altre alternative non gli venivano in mente. Forse, pensò, poteva procurarsi un virus letale: dopotutto il Partito disponeva di risorse illimitate ed era ridicolo ridursi a metodi da romanzo giallo. Ma quando provò a immaginare ciò che avrebbe potuto fare a Harriet, la sua mente si ritrasse e lui si sentì svenire, quasi perdendo i sensi per una manciata di secondi.

Ordinò un caffè a un cameriere di passaggio, ma non ne trasse il minimo beneficio: aveva mal di testa, provava un malessere terribile, una nausea montante che gli impediva di concentrarsi. Quei capogiri ricorrenti cominciavano a preoccuparlo e gli venne da chiedersi se non fosse il caso di consultare un medico.

Uscì dal club e chiamò un taxi per tornare a Bayswater.

Non appena Desmond era uscito per recarsi al suo appuntamento con Mark e Alek, Harriet aveva telefonato a Caroline. Le aveva chiesto di raggiungerla immediatamente a Sussex Square, restando poi ad attenderla, sempre più sulle spine. Si cambiò d'abito, si versò da bere, camminò avanti e indietro per la stanza. Salì a indossare un altro paio di orecchini, poi scese di nuovo in salotto, aprì le tende della finestra a bovindo e guardò fuori con il naso premuto sul vetro gelido.

Decise che Caroline sarebbe sicuramente arrivata prima che le riuscisse di contare venti taxi sulla strada, ma ne passavano pochissimi, e dopo il dodicesimo rinunciò. Ogni volta sembravano rallentare in prossimità della casa, suscitando le sue speranze, ma poi acceleravano e sparivano alla vista. Si girò, aggiunse carbone al caminetto e cercò di leggere il giornale della sera. Si costrinse a concentrarsi su un racconto, imponendosi di non alzare più lo sguardo alla finestra fino alla parola fine.

Quando squillò il campanello era in cucina a parlare con Broadstone e si precipitò subito ad aprire la porta. Non si era resa conto di quanto fosse agitata finché non si trovò di nuovo in salotto davanti a Caroline che le sorrideva dando le spalle al caminetto, e il sollievo che sua cugina fosse finalmente con lei le fece quasi salire le lacrime agli occhi.

Servì da bere e si ingegnò in una conversazione stentata, procrastinando la rivelazione del motivo di quella convocazione. Passeggiò nervosamente attraverso la stanza mentre, tra silenzi sempre più lunghi e imbarazzanti, l'una studiava l'altra di sottecchi.

«Cosa c'è che non va?» domandò infine Caroline.

Harriet le raccontò della promozione di Desmond e dell'incidente, e poi le domandò se avesse letto la *Psicopatologia della vita quotidiana* di Freud.

«Sì, certo. Perché me lo chiedi?»

«Parla di atti mancati.»

«Che vorresti dire?»

«Non ne sono sicura. Per questo volevo parlarne con te.»

Caroline si accorse che Harriet batteva i denti ed era pallidissima: sedette sul bracciolo della sua poltrona e accarezzandole una spalla mormorò: «Povera Harriet».

«Devo essere impazzita» disse Harriet «perché sono convinta che l'incidente a Fulton Wick è stato un atto mancato come quelli di cui scrive Freud: inconsciamente Desmond voleva uccidermi, e il solo pensiero mi terrorizza.»

«Come sono andate le cose, esattamente?»

«Non ricordo quasi nulla. Una nube ha oscurato la luna, poi ho sentito uno scatto secco, e quando ho ripreso conoscenza ho visto Hammerton in ginocchio accanto a me.»

«C'era buio?»

«No. A parte qualche nuvoletta, c'era la luna piena.»

«Desmond era in forma?»

«Quel giorno aveva dimostrato una mira formidabile.»

«Non è che la riprova» disse Caroline, dopo qualche secondo di riflessione «di quanto sia pericoloso accostarsi da dilettanti alla psicologia. Indubbiamente il libro di Freud intende dimostrare con quale spietata efficacia l'inconscio riesca a ottenere ciò che vuole. Gli "atti mancati" che descrive sono immancabilmente fatali, e dunque il fatto che tu sia ancora viva lascia pensare che l'intenzione inconscia di Desmond non fosse quella di ucciderti, ma precisamente l'opposto. Altrimenti non avrebbe sbagliato mira.»

Harriet le fu grata di quelle parole, ma si vedeva che ancora non era convinta.

«*Devi* restare a cena» disse.

«Desmond dov'è?»

«Al club, o almeno così ha detto, ma secondo me è fuori a fare la spia.»

Il suo tono aspro e amareggiato sorprese Caroline, e deviò il corso dei suoi pensieri.

«Lo ami?» domandò.

«No» rispose Harriet con freddezza.

«Perché lo hai sposato?»

Harriet uscì dalla stanza e andò in cucina ad avvertire Broadstone che Caroline si sarebbe trattenuta a cena. Al suo ritorno, disse: «Non è facile da spiegare. Mi lusingava il fatto che fosse tanto più grande di me. Mi faceva sentire adulta, e importante. E fisicamente ne ero attratta».

«Adesso non più?»

«Quelle sue unghie enormi mi disgustano.»

Broadstone entrò per chiedere cosa servire a cena.

«Prepara la carne della tessera settimanale» disse Harriet.

Sedettero davanti al caminetto e Harriet convinse Caroline che davvero non amava più Desmond, anzi, adesso era certa di detestarlo senza rimedio: il loro matrimonio era al capolinea. Fumarono e bevvero whisky allungato con molta acqua, quindi Caroline disse: «Posso fare un bagno prima di cena? Il mio boiler non funziona quando riducono la pressione – e riesco a pensare meglio dentro la vasca».

Harriet la accompagnò di sopra e le prese un telo dal ripostiglio della biancheria pulita. Mentre Caroline faceva il bagno, Harriet indossò un abito da sera insolitamente scollato e si acconciò i capelli in uno chignon alto, così da sembrare più vecchia, di una bellezza più matura.

Caroline era sdraiata nella vasca, immersa nell'acqua bollente. Era un peccato, pensò, che Harriet ricordasse così poco dell'incidente. Poi d'un tratto si mise seduta, ripensando a quello «scatto» che Harriet aveva detto di aver sentito immediatamente prima dello sparo: doveva trattarsi del rumore della sicura che veniva rilasciata. Anche ammesso che fosse possibile farla scattare inconsciamente, le pareva improbabile che capitasse a Desmond. Era esperto di armi, abituato fin da bambino a maneggiarle con tutte le precauzioni. Inoltre, pensò Caroline, era strano che riprendendo i sensi Harriet si fosse vista accanto Hammerton e non suo marito. Era un dettaglio al quale da principio non aveva fatto caso, ma chiaramente rappresentava un indizio per comprendere la dinamica dei fatti. Si asciugò e si vestì in fretta, chiamando Harriet mentre scendeva le scale per tornare in sala. Harriet la raggiunse dopo un paio di minuti, e non appena si presentò sulla porta Caroline le domandò: «A quale distanza si trovava Hammerton al momento dell'incidente?».

«Era appostato sulla sponda di un altro fossato, a un centinaio di metri.»

Se era arrivato prima lui, Desmond doveva essersi mosso in suo soccorso con notevole lentezza, pensò Caroline. Ma non disse nulla, perché in quel momento era entrata Broadstone ad annunciare che la cena era servita.

A tavola, in presenza della domestica, non poterono parlare d'altro che delle commedie viste a teatro e di dettagli irrilevanti della battuta di caccia.

Quando furono di nuovo sole in salotto a bere il caffè, Harriet raccontò che mentre Hammerton si congratulava con Desmond per la promozione, lei aveva detto a tutti che sarebbe entrato in politica schierandosi per i comunisti.

«Così si fa» rise Caroline.

Poi d'un tratto tornò seria.

«Subito dopo siete usciti, Desmond ha abbattuto due anatre e poi, quasi immediatamente e alle tue spalle, gli è partito un colpo dal fucile?» chiese.

«Sì, te l'ho già spiegato.»

«Descrivi lo scatto che hai sentito.»

«Un rumore metallico.»

«Poteva trattarsi del rilascio della sicura?»

«Credo proprio di sì.»

«Chi ti ha riportata alla fattoria?»

«Gli altri, a turno. Dove fosse Desmond non l'ho notato.»

«Comunque non ha fatto nulla per aiutarli?»

«No, nulla.»

Caroline concluse di avere tutte le informazioni necessarie a tirare le somme. Disse: «Ora so cosa pensare. Come te, non riesco a credere che si sia trattato di un incidente, ma penso tu l'abbia interpretato al contrario. Sono certa che la sua intenzione *consapevole* fosse di ucciderti, ma non è riuscito a costringersi a farlo, e dunque è stato il suo subconscio a fargli mirare troppo in alto».

Harriet aveva saputo fin da principio che non si era trattato di un incidente, ma un terrore atroce le paralizzò la mente e il cuore. Era pallida, con lo sguardo fisso, la fronte imperlata di sudore e le labbra così asciutte che riuscì a parlare a stento.

«Dimmi cosa devo fare» balbettò.

Alzò lo sguardo su Caroline. Per qualche secondo rimasero a fissarsi, poi Caroline disse in tono perentorio: «Fai fagotto. Subito».

«Per andare dove?»

Presero in considerazione l'ipotesi che Harriet tornasse da sua madre, ma decisero che quello sarebbe stato il primo posto dove Desmond l'avrebbe cercata. Era un pazzo, disse Caroline, e Harriet doveva sparire completamente, almeno per un po'; insieme a Broadstone, avrebbe riparato in uno dei cottage di suo padre, approntato per un amministratore che non aveva ancora fatto ritorno dall'estremo oriente. Tutti, compresa sua madre, dovevano restare all'oscuro del suo nascondiglio.

«Esco a cercare un taxi» disse Caroline. «Tu prepara la valigia, quando torno voglio trovarti pronta.»

Harriet si diresse alla porta, poi si girò e disse: «Dio, ti sono immensamente grata, Caroline».

Caroline era impaziente, quasi nel panico.

«D'accordo, però adesso sbrigati.»

Caroline aprì la porta e spinse Harriet in anticamera, verso le scale. Mentre usciva, la istruì: «Se Desmond dovesse rientrare prima di me, lascia perdere la valigia, esci così come sei e raggiungimi sul marciapiede accanto a Lancaster Gate».

Senza indugio Harriet richiamò Broadstone dalla cucina, poi corse in camera prendendo vestiti alla rinfusa dalla cassettiera accanto al letto. Non aveva dubbi che andarsene fosse la cosa giusta e si sorprese di sentirsi sollevata, felice che fosse tutto finito. Era la soluzione più logica e pensò a quanto era stata incosciente a indugiare tanto a lungo: ora la cosa più importante era dileguarsi prima del ritorno di Desmond.

Chiamò Broadstone a gran voce e si precipitò in bagno, riempiendo il beauty del necessario per la manicure, saponette e spazzolini da denti. Disse a Broadstone di sbrigarsi: dovevano partire, le avrebbe spiegato tutto in seguito.

«Presto, fai presto» gridò.

Quando Caroline tornò con il taxi, la aspettavano con le valigie pronte. Harriet buttò giù due righe che lasciò sul tavolo in anticamera. Il biglietto recitava:

Desmond, ti lascio per sempre, e non voglio né rivederti né parlarti mai più. Mia madre non sa dove vado, quindi è inutile chiederlo a lei, ma per favore fai consegnare tutti i miei vestiti a casa sua. Harriet.

Al tassista Caroline diede il proprio indirizzo, ma Harriet protestò che non poteva stare da lei, Desmond lo avrebbe immaginato. Caroline obiettò che quella sera era troppo tardi per partire per la campagna e che gli alberghi erano sempre pieni. Dissero all'autista di girare intorno al parco finché non avessero preso una decisione.

Harriet disse di non volere andare in un albergo perché Desmond avrebbe potuto chiamarli tutti, finendo per rintracciarla. Broadstone ascoltava attentamente per capire cosa fosse successo e l'autista si diresse all'indirizzo che gli era stato comunicato da principio, così che infine, non avendo trovato alternative, Harriet e Broadstone dovettero passare la notte nella stanza degli ospiti di Caroline. La mattina successiva partirono presto, dirette nel Leicestershire.

11

Quando il direttore Zabotkin arrivò a Londra per comunicare al Bureau una nuova linea politica non fu affatto felice di sentire che si era deciso di concedere a Desmond una seconda possibilità. Il giorno dopo, quando Alek lo informò che la donna in questione era scomparsa – e che Lightfoot fingeva di non avere idea di dove fosse – Zabotkin ebbe ampie opportunità di rinfacciare loro la fondatezza delle sue critiche. Convocò il Bureau e tenne un discorso preparato, indicando senza mezzi termini la strada da prendere.

Esordì affermando che nel loro campo inaffidabilità e debolezza erano sinonimi di tradimento, e Lightfoot si era dimostrato al di là di ogni ragionevole dubbio sia irresoluto sia incompetente. Zabotkin fece una pausa, poi proseguì, con aria scaltra, sottolineando la curiosa coincidenza della sua recente promozione, che lo avrebbe portato a lavorare gomito a gomito con il Professore. Il Bureau certo comprendeva l'importanza prioritaria, disse Zabotkin, di proteggere l'operato del Professore, e dunque avrebbe concordato che, anche in mancanza di prove decisive circa l'inaffidabilità di Lightfoot, sarebbe stato comunque necessario prendere le dovute precauzioni affinché egli non sospettasse minimamente che il Professore era a sua volta comunista.

Il principio essenziale di una cospirazione, disse, era che ai massimi livelli gli agenti fossero tenuti assolutamente all'oscuro l'uno dell'altro; bastava il caratteristico modo di parlare e di pensare per rivelare a un compagno la vera identità anche del più cauto tra i membri del Partito, dunque in ogni caso si sarebbe imposta la decisione di quale contatto sacrificare all'altro.

Nella fattispecie, la scelta era ovvia, disse Zabotkin: Lightfoot andava liquidato, restava solo il problema di trovare il metodo più adatto a conseguire questo obiettivo. E qui, guarda caso, la questione combaciava perfettamente con la nuova linea la cui trasmissione aveva motivato il suo viaggio a Londra.

Naturalmente avrebbero potuto far sorprendere Lightfoot da un sicario nel buio di Hampstead, ma tale approccio presentava troppi svantaggi: era loro dovere volgere ogni situazione, anche le meno promettenti, in un vantaggio politico, e il piano da lui stesso architettato, dichiarò Zabotkin con una nota di compiacimento, avrebbe prodotto precisamente questo effetto senza comportare rischio alcuno per il Bureau.

Il direttore prese fiato e propose di far pervenire alle autorità inglesi una segnalazione anonima che denunciasse l'attività spionistica del maggiore Lightfoot. Il Bureau poteva fornire prove più che sufficienti a garantire che non gli venisse accordato il permesso di ricoprire il nuovo incarico, quand'anche Lightfoot avesse fatto il doppio gioco. Di sicuro, infatti, i servizi segreti inglesi avrebbero dovuto constatare che egli aveva fornito ben più informazioni all'Unione Sovietica di quante ne avesse procurate a loro. In tal modo il Bureau avrebbe ottenuto il suo primo obiettivo, cioè tenere Lightfoot alla larga da ogni possibile contatto con il Professore.

Ma, in secondo luogo, proseguì Zabotkin, dovevano considerare la possibilità che, per moventi personali, egli avesse realmente agito esclusivamente in favore dell'Unione Sovietica. In tal caso si aprivano due alternative: Lightfoot poteva accettare di collaborare, oppure no. Se si fosse verificata quest'ultima ipotesi lo scalpore sarebbe stato contenuto, lui sarebbe stato condannato alla pena capitale o al carcere per qualche decina d'anni. Il Bureau doveva tenere a mente come, nel caso analogo del dottor Dunne Hay, nessun dettaglio fosse trapelato; un simile esito, dunque, sarebbe stato più che soddisfacente.

Se tuttavia avesse deciso di collaborare, disse Zabotkin, ne sarebbero derivati vantaggi politici ben più rilevanti: Lightfoot sarebbe stato congedato con disonore e messo nella condizione di non poter più nuocere; ma – e questa era la cosa importante, sottolineò Zabotkin – uno scandalo di vaste proporzioni sarebbe finito su tutte le prime pagine dei giornali. Ciò avrebbe dato al mondo l'impressione che l'intelligence militare sovietica avesse ramificazioni a vastissimo raggio, e radici profonde e trasversali in tutte le classi sociali, comprese le più facoltose e aristocratiche, in ogni paese del mondo. Una simile dimostrazione del potere e delle capacità di infiltrazione dei sovietici avrebbe condotto a un ammorbidimento delle politiche estere da parte delle nazioni periferiche alla sfera di influenza dell'Urss, come Svezia, Norvegia, Turchia, Persia, Italia, Grecia e Francia.

Zabotkin rammentò al Bureau il recente discorso nel quale il compagno Malenkov aveva affermato: «È stato più volte dimostrato che i deboli finiscono al muro. Ecco perché, per consolidare la vittoria, dobbiamo prima di tutto rafforzarci come potenza. Quando ci rispetteranno, non oseranno intralciare la nostra grande opera creativa». Il loro compito, disse Zabotkin, non era soltanto incrementare, ma anche *dimostrare* platealmente la potenza della madre patria sovietica. Bisognava dar prova che l'Urss non era più una nazione arretrata ma una forza poderosa e in continua espansione, con avanguardie e guastatori già all'opera giorno e notte nel cuore stesso delle roccaforti del capitalismo internazionale.

Abbassando il tono di voce con collaudata arte oratoria, Zabotkin concluse affermando che il caso di Lightfoot, reclamizzato dai capitalisti stessi, avrebbe contribuito a dimostrarlo nel modo più convincente. Sedette, si asciugò la fronte e domandò se i compagni dirigenti del Bureau avessero domande da porre.

«Qual è la sua decisione in merito alla donna?» domandò il vicedirettore.

«La donna è diventata del tutto irrilevante» disse il direttore. «Nei suoi confronti non si prenderanno ulteriori misure.»

Non essendoci altre domande Zabotkin dichiarò chiusa la seduta e poi offrì un sigaro al vicedirettore e sigarette agli altri. Si trattenne per un po' in conversazione informale sui negozi di Londra e su quali beni fossero ancora sottoposti a razionamento: era suo particolare desiderio acquistare dei fazzoletti per la moglie e un flacone di malto e olio di fegato di merluzzo per la figlia. Restò a chiacchierare amabilmente per mezz'ora e Mark e Alek furono molto colpiti dai suoi modi cordiali e dalla sua garbata cortesia.

Quando Desmond si presentò a Hampstead per il successivo incontro concordato e trovò chiuso a chiave il cancello del giardino, fu preso da un impeto di rabbia per l'incompetenza dei suoi giovani collaboratori. Che fossero talmente trascurati da dimenticare di aprire il chiavistello la sera fissata per una riunione equivaleva praticamente a un sabotaggio. Si domandò se fosse il caso di scavalcare il cancello, con il rischio di venir colto sul fatto e interrogato da qualche poliziotto o passante. Si guardò alle spalle, ma nel buio non poteva essere certo che non ci fossero testimoni nelle vicinanze. Non era la prima volta, pensò, che Mark e Alek si dimostravano negligenti, e ricordò che se avessero dato retta alla sua raccomandazione di rinunciare all'espediente delle cartoline vuote, probabilmente non si sarebbero cacciati in quel ginepraio. Se si fossero comportati in modo più responsabile Harriet si sarebbe persuasa che aveva rinunciato a lavorare per il partito, avrebbe smesso di preoccuparsene e avrebbe dimenticato ogni cosa.

Serrando i pugni Desmond decise che erano già stati commessi troppi errori, non poteva rischiare di farsi sorprendere di notte ad arrampicarsi sul cancello di un giardino. Per quanto, pensò, poteva sempre raccontare di essere in visita da amici, e dimostrarlo inducendo Mark e Alek a confermare la sua versione. Ma era un azzardo; i due avevano un accento decisamente straniero e potevano a loro volta passare per ladri. Se fosse arrivata la polizia sarebbe stata una catastrofe.

Desmond risalì lentamente la collina, riflettendo sulla sciatteria fin troppo proverbiale dei russi. Dopotutto, non ci si poteva aspettare che bastassero venticinque anni a mutare del tutto il carattere di una nazione e bisognava senz'altro tener conto dell'enorme e improvvisa espansione dell'apparato dei servizi segreti sovietici all'estero, dovuta alle vittorie di guerra. Era naturale che soffrissero di una carenza di personale adeguatamente addestrato, ed era ingiusto e sleale da parte sua prendersela troppo con Mark e Alek.

Dal parco tornò sulla via dove sorgeva l'edificio delle riunioni, e decise di passare davanti alla facciata per verificare se ci fossero delle luci accese. Sapeva che il seminterrato era un locale arredato e affittato settimanalmente dal proprietario dell'edificio, un droghiere che abitava al primo piano, e prese in considerazione la possibilità di suonare al suo campanello.

Tutto sommato, pensò, era meglio di no: non aveva alcun rapporto urgente da trasmettere e anzi lo aveva angosciato la prospettiva di dover ammettere che non aveva fatto progressi nel rintracciare Harriet – si era letteralmente volatilizzata. D'altronde lui aveva le mani legate: chiedere alla sua cerchia che fine avesse fatto avrebbe suscitato pettegolezzi, e lui non aveva trovato di meglio che trattenere i suoi vestiti e aspettare che lei venisse a ritirarli di persona. Aveva fatto cambiare le serrature della porta per impedirle di entrare e costringerla così a mettersi in contatto con lui.

Rallentò mentre oltrepassava la casa e rimase stupefatto alla vista di un cartello di cartone sudicio appeso all'inferriata: AFFITTASI OTTIMO APPARTAMENTO CON GIARDINO. ARREDAMENTO IN VENDITA. CONTATTARE HANSON PRESSO DROGHERIA HIGH ST.

L'inefficienza criminale di abbandonare il luogo delle riunioni senza previa consultazione, e persino senza avvertire lui, era inconcepibile. Impossibile anche che qualcosa li avesse costretti a levare le tende senza dar loro il tempo di disdire l'appuntamento: quel cartello malconcio doveva essere stato esposto almeno ventiquattro ore prima, e conoscendo il suo numero di telefono avrebbero avuto ampio margine per telefonargli in forma anonima, comunicargli il segnale in codice delle emergenze e informarlo che la riunione era stata posticipata. Alek si sarebbe senz'altro comportato così in caso di problemi con le autorità inglesi.

La disperazione gli fece chinare la testa e afflosciare i muscoli quando si rese conto dell'unica spiegazione possibile: aveva perso la fiducia del partito.

Senza rendersene conto si arrestò, trattenendo il fiato finché non gli vennero le vertigini, e poi proseguì lentamente giù dalla collina, trascinando i piedi e con le braccia penzoloni e inerti lungo i fianchi. Se avevano deciso che non era più un elemento fidato, la prima cosa che il Bureau avrebbe fatto era sgomberare il seminterrato: avrebbero troncato qualsiasi comunicazione con lui, e non avevano nulla da guadagnare a spiegargliene il motivo. Desmond ricordò che anni addietro, quando gli agenti dei servizi, sotto falso nome, erano organizzati in piccoli gruppi di dibattito politico e un membro era stato sospettato del tentativo di smascherare le vere identità degli altri, il Bureau si era comportato nello stesso identico modo: l'agente era stato tagliato fuori senza cerimonie.

Gli mancò il cuore di seguire il consueto tragitto a zigzag prima di rincasare: prese un autobus al capolinea e un taxi da Tottenham Court Road. Tutto ciò per cui aveva vissuto era crollato e sentiva di non avere più ragione di vivere: non gli restava niente che avesse importanza, o che gli interessasse. A passi lenti e sconsolati entrò tremando nella casa vuota e andò dritto a letto. La stanza era fredda, e mentre restava sdraiato e insonne si ritrovò a desiderare che Harriet fosse al suo fianco, a parlargli con la sua voce dolce e sommessa, per consolarlo e farlo sentire meno desolatamente solo. Ma sapeva che lei se n'era andata per sempre, e al mondo non c'era più nulla che valesse la pena di amare.

La mattina dopo si svegliò più speranzoso, pensando di essere stato troppo precipitoso a saltare alle conclusioni. Comunque, poiché non poteva sapere con assoluta certezza cosa fosse accaduto, doveva pur fare qualcosa per mettersi in contatto con il Bureau. Si vestì e dopo essersi preparato un caffè raggiunse una cabina telefonica a Paddington, chiamò l'ambasciata russa e chiese di parlare con Alek o Mark.

Con gelida formalità una segretaria lo informò che nessuno là rispondeva a quei nomi. Desmond non ne fu particolarmente sorpreso, sapendo che erano nomi in codice e presumibilmente noti soltanto ai membri effettivi del Bureau. Non osò insistere; aveva già violato tutte le regole della clandestinità comunicando direttamente con l'ambasciata e si era indotto a farlo solo come ultima spiaggia. Di nuovo abbattuto e senza speranze trascorse il resto della giornata sempre più persuaso della conclusione a cui era arrivato la sera prima.

Era dal sarto a provare una nuova uniforme quando gli venne in mente che se il Bureau aveva raccomandato un approccio tanto radicale di fronte ai dubbi sull'affidabilità di Harriet, certo misure altrettanto drastiche sarebbero state applicate anche a lui. Considerata la quantità di cose di cui era al corrente, rispetto a lei che non sapeva quasi nulla, era impensabile che non lo giudicassero di gran lunga più pericoloso; altrettanto impossibile che gli permettessero semplicemente di interrompere le attività come si sarebbe potuto fare nei tempi prima della guerra. Adesso, pensò, la disciplina era ben più rigorosa: l'Unione Sovietica si era rafforzata e di conseguenza i suoi metodi erano più audaci che in passato.

Gli prese lo stesso vuoto allo stomaco sperimentato in azione durante la guerra: provava una paura terribile, e insieme la sensazione di totale distacco che in battaglia si era sempre associata a quella lancinante stretta alle viscere.

Nei giorni successivi fu costantemente all'erta e sul chi vive, e in un'occasione, mentre camminava lungo Oxford Street, allo scoppio del tubo di scappamento di un taxi scartò bruscamente di lato.

Si sentiva ridicolo, irrazionale e in un certo senso sleale nei confronti del partito. Era consapevole che lui stesso, se si fosse trovato dall'altra parte della barricata, avrebbe approvato la medesima decisione senz'altro già presa dal Bureau nei suoi confronti. Dopotutto, pensò, decine di migliaia, persino milioni di membri del partito avevano dato la vita per il movimento, e anche lui era stato pronto fin da principio a quel sacrificio: era sempre stato convinto della necessità di un'obbedienza assoluta e incondizionata alla volontà collettiva del partito, e il semplice fatto che adesso una di quelle decisioni decretasse la sua liquidazione non lo liberava dall'obbligo di dimostrare la medesima fedeltà ai suoi decreti. Dal punto di vista pratico non faceva nessuna differenza dare la vita nel corso di un'azione rivoluzionaria o sottomettendosi a una decisione del partito che, per qualunque motivo, lo condannava a morte.

Con un sorriso lugubre pensò con orgoglio che ci voleva comunque un bel fegato da bolscevico per riuscire a vedere le cose in quella luce.

Fuori casa Desmond tenne sempre gli occhi bene aperti, ma passarono altri tre giorni prima che, rientrando tardi dal suo club, notasse una figura sospetta a tallonarlo lungo St James's Street. Senza rendersi conto dell'incoerenza della sua reazione, svoltò rapido in un vicolo e si appiattì dentro un androne. L'uomo lo seguì e scrutò nel buio prima di individuarlo a qualche metro di distanza e incrociare il suo sguardo: a quel punto si allontanò risoluto, come se d'un tratto si fosse rammentato un impegno urgente. Davvero un pessimo attore, si disse Desmond.

Quando dopo un po' uscì dal suo nascondiglio, notò una mezza manciata di coriandoli sul marciapiede, nel punto esatto dove si era fermato l'uomo, e le labbra gli si stirarono in un sorriso alla puerilità dell'espediente: era tipico di Mark e Alek avere escogitato un trucco così banale, pensò. Probabilmente erano in due a pedinarlo, e quel semplice indizio di carta doveva essere il loro sistema per darsi il cambio l'uno con l'altro.

L'incompetenza della trovata sconfinava nel comico, e in effetti gli investigatori di Scotland Yard che lo seguivano inosservati da giorni non l'avrebbero utilizzata se avessero avuto motivo di credere che il loro bersaglio sospettava di essere tale. Sapevano che da anni e in gran segreto l'indiziato conduceva attività di spionaggio, ma poiché non avevano la più pallida idea di quale fosse la fonte di quella soffiata, davano per scontato che Lightfoot non avesse motivo di ritenersi in pericolo.

Questa ipotesi scaturiva dalla certezza che lui non li avesse notati nei primi giorni della loro sorveglianza. Comunque stavano per arrestarlo e quindi non consideravano una priorità mantenersi in incognito; il loro unico scopo era di evitare che, venuto in qualche modo a sapere di essere nei guai, Lightfoot sparisse dalla circolazione. Al pedinamento erano stati assegnati trenta uomini, a turni alterni, e c'erano ben poche possibilità che lui tagliasse la corda.

Desmond tornò a Piccadilly, percorse Dover Street e poi Hay Hill fino a Berkeley Square. Era deprimente notare l'ovvietà con la quale i suoi inseguitori si sforzavano di restare mimetizzati in quelle strade semideserte. In fondo a Berkeley Square svoltò a sinistra e si avviò direttamente verso Park Lane, pensando a quanto sarebbe stato facile per uno di quei farabutti avvicinarlo e, usando un silenziatore, spararergli alle spalle per poi dileguarsi da una stradina laterale: si sentiva fiacco e svuotato di ogni energia e desiderava solo che si sbrigassero a farla finita.

L'uomo era a una trentina di metri e, malgrado Desmond avesse rallentato l'andatura per permettergli di raggiungerlo, arrivò comunque a Park Lane molto prima di lui. Decise di attraversare il parco fino a Lancaster Gate. Era una notte senza luna e il buio avrebbe offerto la copertura ideale per portare a termine ciò che erano venuti a fare.

Camminò lentamente tra gli alberi, offrendosi come un facile bersaglio.

Quando infine si ritrovò sulla strada, l'esitazione del suo pedinatore lo aveva esasperato: ma si disse che non aveva alcun diritto di accusare gli altri di viltà o inettitudine. Se avesse usato maggiore cautela con la sua valigetta, tutto questo non sarebbe successo e ora serviva solo un po' di coraggio per mettere fine all'intera faccenda.

Mentre apriva la porta di casa, comprese finalmente quale fosse il suo dovere. Mark e Alek erano troppo inesperti per riuscire a delineare un piano efficace o per selezionare degli agenti che non facessero cilecca in una missione tanto delicata; di sicuro qualcosa sarebbe andato storto, scatenando uno scandalo clamoroso capace di danneggiare il movimento in modo irreparabile, e dipendeva da lui, in quanto membro più anziano del partito, fare tutto il possibile per impedire che ciò accadesse. Non era difficile. Anzi, pensò amaramente, probabilmente si trattava della cosa più semplice che avesse mai fatto per il partito.

Doveva comportarsi in modo da apparire fuori di sé,

pensò, così salì in camera, prese dal guardaroba due vestiti di Harriet e li fece a brandelli, appallottolandoli e sparpagliandoli per la stanza. Strappò a morsi la sua mantella di visone e mentre lo faceva colse il riflesso del proprio volto stravolto, forsennato. Schiumando dalla bocca, afferrò un flacone di profumo e lo scagliò contro lo specchio: stringendo i denti riuscì a controllarsi per il tempo necessario a infilare tra le lenzuola una meticolosa farcitura di scarpe, spazzole e schegge di vetro. Col fiato grosso, scese di corsa in salotto e trangugiò d'un sorso mezzo bicchiere di whisky liscio, poi aprì la valigetta per accertarsi che non contenesse nulla di incriminante per il Bureau. Per depistare definitivamente le autorità inglesi, si tolse di tasca il biglietto di addio di Harriet e lo strinse nel pugno della mano sinistra. Infine prese la pistola dalla scrivania e, puntandosi la canna al palato, si sparò in testa.

12

Durante l'inchiesta, l'investigatore che aveva seguito Desmond fino a casa dichiarò di essersi trovato per caso di servizio dalle parti di Sussex Square e di avere sentito uno sparo: aveva bussato e, non avendo ottenuto risposta, aveva forzato la porta e trovato il cadavere sul pavimento del salotto.

«Come poteva essere sicuro che fosse il rumore di uno sparo?» domandò il coroner.

«Riconosco un colpo di pistola quando lo sento, signore.»

L'investigatore proseguì dicendo che il defunto stringeva l'arma nella mano destra, ed era solo in casa. Nessuno poteva essersi allontanato dopo il colpo perché, per coincidenza, un altro agente si trovava nella rimessa sul retro e avrebbe senz'altro notato un malvivente in fuga da quella direzione.

Il testimone era un pessimo attore, e al coroner parve che le sue dichiarazioni avessero quantomeno qualcosa di artefatto. Non era convinto, e domandò: «Quanti altri di questi agenti si trovavano "per caso" da quelle parti?».

Il testimone esitò, e disse: «Non saprei, signore».

Gli indizi rilevati sulla scena puntavano tutti a un'unica causa di decesso, e il coroner non poté fare altro che chiamare il testimone successivo.

Il referto del patologo era altrettanto chiaro e inequivocabile. La posizione nella quale si trovava il corpo confermava l'ipotesi del suicidio, ed era stato rinvenuto un proiettile conficcato nel soffitto: difficile credere che chiunque salvo la vittima stessa fosse riuscito a sparare verso l'alto puntandogli la pistola in bocca.

Il terzo testimone, un altro detective, riferì della perquisizione alla casa, e descrisse lo stato della camera da letto; presentò alla corte il biglietto di Harriet, dicendo che era stato trovato nella mano sinistra del morto. Non avevano trovato altro, concluse, che avesse rilevanza alcuna in relazione al decesso.

Poi fu chiamata Harriet; disse che si era trasferita in campagna e di essere tornata a Londra non appena informata da un'amica della morte del marito.

«Eravate separati?» domandò il coroner.

«Sì.»

«Mi dispiace, ma mi vedo costretto a chiederle di spiegarne il motivo alla corte» disse il coroner con delicatezza.

«Preferirei di no.»

«Le garantisco che è nel suo interesse farlo» disse il coroner.

Harriet non aprì bocca.

Nessuna delle testimonianze finora aveva soddisfatto il coroner, ed egli ritenne necessario insistere.

«La legge le impone di rispondere» dichiarò solennemente.

Harriet esitò. Un importante funzionario dei servizi, seduto in borghese tra il pubblico, si alzò e, chinandosi in avanti, consegnò un biglietto all'avvocato di Harriet, il quale a sua volta lo consegnò a lei al banco dei testimoni. Il biglietto recitava: «È tassativo che lei mantenga il silenzio».

Indispettito dall'interruzione, il coroner ordinò al cancelliere di mostrargli il biglietto. Con gesto fulmineo, questi lo strappò di mano a Harriet e lo consegnò alla corte.

«In diciannove anni di carriera» disse il coroner «non mi ero mai imbattuto in nulla che somigliasse anche lontanamente alla scorrettezza scandalosa di questo episodio. Arrestate quell'uomo» ordinò al sergente di polizia.

Poi fissò severo la testimone, e disse: «Ora per favore risponda alla domanda».

Harriet sostenne il suo sguardo, e rispose nel suo solito tono tranquillo: «Temo di non poterlo fare».

«La avverto» intimò il coroner. «Il suo rifiuto mi costringe a convocare un altro testimone della sua famiglia.»

Harriet non disse nulla, e per qualche secondo nell'aula scese il silenzio. Poi venne invitata a lasciare il banco, e fu chiamata Broadstone.

«La picchiava» dichiarò.

«Cosa glielo fa pensare?» domandò il coroner, sorpreso.

Broadstone raccontò di come, trovandosi a passare davanti alla porta del bagno, avesse colto un litigio tra il maggiore Lightfoot e la signora. Aveva sentito il maggiore che la strapazzava, disse.

«Che cosa ha sentito, esattamente?»

«Un forte schiocco, signore.»

«Con quale frequenza si verificavano episodi del genere?»

«Non saprei, signore.»

Seguirono altre domande, e al termine il coroner era scontento quanto prima. Decise di richiamare Harriet al banco.

«È vero che, almeno in un'occasione, suo marito l'ha picchiata?»

«No» rispose Harriet.

Il coroner era sconcertato, e furibondo.

«La prego di tener conto della testimonianza appena resa dalla sua domestica.»

«Stavamo discutendo, ma fui io a colpirlo con il dorso della spazzola.»

Vennero chiamati altri testimoni, compresi Anne Frodsham, la madre di Harriet, e il colonnello Hammerton, ma non ci furono altre rivelazioni salvo che, nelle ultime settimane, il defunto e sua moglie sembravano non andare più d'accordo.

Il coroner riepilogò brevemente i fatti, dicendo che il primo dovere di un'inchiesta come quella era stabilire la causa del decesso, senza necessariamente scavare in questioni di movente. Nel caso all'esame della giuria, disse, i rilievi dei medici e della polizia erano inequivocabili. Disse di non essere persuaso della piena sincerità di tutti i testimoni convocati ma allo stesso tempo, aggiunse equanime, i giurati comprendevano senza dubbio la naturale riservatezza della vedova, e ne apprezzavano l'ammirevole franchezza in almeno un ambito significativo.

La giuria si ritirò e Harriet, seduta tra sua madre e Caroline, attese senza lasciare l'aula. Non si parlarono quasi. Caroline aveva voglia di uscire a fumare, ma era consapevole dell'avvilimento di Harriet e di quanto avesse bisogno della sua presenza; così si rassegnò a pazientare, con le gambe accavallate e un braccio infilato in quello di Harriet.

La giuria deliberò per quasi un'ora, raggiungendo il verdetto che il maggiore Desmond Ferneaux-Lightfoot, decorato per meriti di servizio, si era suicidato in preda a un raptus di follia. Aggiunsero una postilla, puntualizzando che il suo stato mentale era stato causato, o quantomeno aggravato, dal modo repentino e cinico con il quale sua moglie lo aveva abbandonato.

Una spia prestata alla narrativa

di Goffredo Fofi

La *spy story* è uno dei generi della cultura di massa più delicati da frequentare, nella letteratura del Novecento e di conseguenza in quella del Duemila. Ha prosperato anzitutto in Gran Bretagna. A livelli altissimi, strappandola alla superficialità dei feuilleton, la frequentò per primo Joseph Conrad, con un capolavoro moralmente e politicamente complesso, *L'agente segreto* (1907, da cui un film inglese di Hitchcock del 1936 che in Italia si chiamò *Sabotaggio*), proseguì Somerset Maugham con gli episodi sugli anni della prima guerra mondiale che composero *Ashenden* (1928, da cui ancora Hitchcock trasse un film intitolato, nell'originale, *The Secret Agent*, e in Italia *Amore e mistero*). L'autore che più e meglio seppe capire la lezione di Maugham – passato subito a opere d'altro tipo – fu Eric Ambler (*La maschera di Dimitrios*, 1939, oltre a decine di altri romanzi quasi sempre ottimi, e quasi tutti adattati per il cinema), mentre quello che più e meglio seppe rifarsi a Conrad fu Graham Greene, straordinario narratore di intrecci tra morale politica religione sessualità delirio negli anni tra i Trenta e la fine degli Ottanta del Novecento, che scavò nei retroscena della politica mondiale, delle grandi tragedie che essa ha provocato, dei grandi dilemmi umani che essa ha suscitato. Il miglior continuatore dell'opera di Greene (ma meno tormentato moralmente) è da qualche decennio John Le Carré, esploratore irrinunciabile della bassezza del potere nei suoi giochi internazionali e, di conseguenza, anche nazionali. In chiave solo avventurosa, Ian Fleming ha imposto il personaggio di James Bond, agente segreto con licenza di uccidere amato da Hollywood e dal pubblico cinematografico, e detestato dai lettori esigenti. Dopo di lui, si sono continuativamente o eccezionalmente dedicati al genere sia scrittori dozzinali che bravi professionisti attenti al grande pubblico, ma anche, occasionalmente, i seguaci di un'idea molto esigente di letteratura – un nome per tutti, quello di Ian McEwan.

In altri paesi (gli Usa, e di conseguenza quasi tutti gli altri, Italia compresa) hanno preferito al normale romanzo «giallo», la durezza del «noir» (l'hard-boiled esploso con Dashiell Hammett) i cui eroi (o anti-eroi) erano i detective privati e non le spie: la differenza principale tra i due generi è sicuramente nell'ambientazione della trama – ovviamente internazionale nel romanzo di spionaggio, quasi sempre solo nazionale nel noir. Ma se furono pochi gli scrittori di hard-boiled che, come Hammett, avevano per un certo tempo esercitato davvero, negli Usa, il mestiere di *private eye*, i grandi autori di *spy stories* come Maugham, Ambler, Greene, Le Carré e anche Fleming sono stati davvero spie al servizio di Sua Maestà britannica, su fronti lontani, in rapporto alle trasformazioni del mondo, alle rivolte rivoluzioni controrivoluzioni golpe, alle guerre militari e alle guerre economiche.

Non stiamo certamente dicendo cose nuove, ma ci sembrano utili a collocare all'interno della *spy story* inglese il romanzo di Humphrey Slater *Il cospiratore*, che è del 1948. Sia chiaro, non è uno dei capolavori del genere, ma è un romanzo di grande interesse e di straordinaria originalità, perché scritto in tempi di guerra fredda e a partire, anche in questo caso, dall'esperienza personale, dalla conoscenza molto diretta degli ambienti descritti e dei loro usi. Anche Humphrey Slater ha fatto la spia, ma la sua particolarità è di aver esercitato questa attività dapprima per i comunisti e più tardi per gli anti-comunisti occidentali, per il suo paese. Per il poco che conosciamo della sua biografia, le tappe della sua attività non sono state diverse da quelle di quel gruppo di giovani intellettuali inglesi che negli anni Trenta idolatrarono la rivoluzione sovietica e si convinsero che sarebbe stato vicino il momento dello scontro finale tra comunismo e capitalismo, che accorsero in Spagna a difendere la Repubblica dall'aggressione fascista, che videro il nazismo come il nemico principale della pace e della democrazia. La vicenda della spia Philby è stata raccontata in libri e film, e molti di coloro che lo hanno conosciuto hanno continuato a difendere o a considerare senza livore la sua scelta di farsi spia per i russi, e più tardi la sua fuga nell'Urss. E se Philby ha potuto ispirare Greene, anche Slater potrebbe essere il personaggio di uno dei suoi romanzi.

Gli anni Trenta sono ancora oggi forse il decennio decisivo e più appassionante della storia del Novecento, quello che è più intrigante studiare anche nei modi in cui gli intellettuali si schierarono da una parte o dall'altra, talvolta spostandosi da destra a sinistra e viceversa a seconda del confronto con la realtà capitalista, con quella fascista o con quella comunista. Fu proprio questo il caso di Slater, giovane intellettuale radical che simpatizzò per il comunismo come – ai loro inizi – fecero Auden, Isherwood, Spender; che si legò in modi di cui ignoriamo la profondità al Partito comunista inglese; che si arruolò nelle Brigate internazionali per combattere il franchismo in Spagna. Ed è lì che egli vide i comunisti in azione, diventando di conseguenza, come altri, altrettanto radicalmente anticomunista. Una volta tornato in Inghilterra, e occupandosi più o meno palesemente di strategie militari e organizzazioni paramilitari, fu anche direttore di una rivista post-bellica per qualche tempo importante, «Polemics», cui collaborò lo stesso Orwell, meritandosi da Isaiah Berlin un elogio forse azzardato ma certamente significativo: di essere tra i pochi intellettuali che, con Victor Serge e Arthur Koestler, hanno meglio capito cos'era il comunismo, o meglio: il comunismo reale. (È grazie a quella citazione berliniana che una casa editrice spagnola recuperò il romanzo ormai dimenticato di Slater, e che si è creata nuova attenzione sulla sua opera e sulla sua figura.) Non deve d'altronde stupire la nutrita attività intellettuale esercitata nel dopoguerra da Slater, che pare sia stato anche buon pittore e in quanto tale amico di pittori di valore eccelso come Francis Bacon e Lucien Freud... Quel che ci piacerebbe di più sapere – impresa non facile! – sarebbe però il grado di coinvolgimento di Humphrey Slater nello spionaggio comunista, perché da questo romanzo si desume che lo conoscesse di prima mano, anche se potrebbe trattarsi di esperienze vissute da altri e delle quali egli ha saputo in linea diretta; oppure il suo grado di coinvolgimento nei servizi segreti inglesi, in tempo di guerra guerreggiata e di guerra fredda.

Slater non è certamente uno scrittore interessato allo stile, che è in questo romanzo privo di finezze, teso all'efficacia del racconto e della dimostrazione ma ricco di osservazioni e particolari che connotano i personaggi e il loro tempo. È questo a fare il suo pregio. C'è innanzitutto la descrizione di un sistema spionistico particolare come quello dell'Urss, con le sue regole, le sue rozzezze, le sue sottigliezze. «Tutto in nome della Rivoluzione» vuol dire, per i funzionari del Kgb, in Inghilterra anche accettare le regole del mondo capitalista borghese e accogliere i suoi figli per poter accedere, grazie a loro, a informazioni importanti, che permettano di prevedere le mosse del nemico e di portar scompiglio nelle sue fila. Ma vuol dire anche una feroce inflessibilità nei confronti di chi sbaglia e dei suoi cari, com'è nel caso dell'eroina del *Cospiratore*, la borghesissima Harriet.

Per quel che se ne è saputo a ritroso, dopo la caduta dell'impero, la descrizione che Slater fa dei funzionari comunisti e della loro mentalità – aveva ragione Berlin – è competente, né errata né esagerata. «Il principio essenziale di una cospirazione», sono le parole di un alto dirigente dello spionaggio sovietico in Inghilterra, «era che ai massimi livelli gli agenti fossero tenuti assolutamente all'oscuro l'uno dell'altro; bastava il caratteristico modo di parlare e di pensare per rivelare a un compagno la vera identità anche del più cauto tra i membri del Partito, dunque in ogni caso si sarebbe imposta la decisione di quale contatto sacrificare all'altro. Nella fattispecie, la scelta era ovvia, disse Zabotkin: Lightfoot», che è il nostro «eroe», e un funzionario militare che ha accesso a molti segreti, «andava liquidato, restava solo il problema di trovare il metodo più adatto a conseguire questo obiettivo» (p. 168). Ma più indietro (p. 66), si dice di Lightfoot che «la spietatezza quasi sovrumana della Rivoluzione [lo] colmava di una reverenza al limite del religioso, e cementava e irrigidiva la sua dedizione alla causa». Lightfoot non ha tanti scrupoli, sa scendere a patti con la propria coscienza molto facilmente, nel nome del Partito e del suo sentirsi importante; può essere capace di tutto, anche di far fuori la moglie per ordine del Partito quando ella scopre la sua attività. Ma non è, Harriet, meno vacuamente borghese del consorte. Desmond ha provato a «istruirla» gradualmente, a farla passare pian piano dalla parte del comunismo, e per quanto l'analisi che le fa del funzionamento della società borghese possa apparire primaria, è tutt'altro che sciocca.

Quando la ragazza ha ormai scoperto la sua doppiezza, lui le dice infatti: «Devi capire, cara Harriet, che al mondo esiste una realtà basilare e incontrovertibile, ovvero che la gente come noi ha un mucchio di soldi perché milioni di altre persone sono povere, malate e sfruttate. Non è affatto vero, come ci fa piacere credere, che la nostra sia pura fortuna. Il fatto è che la stragrande maggioranza degli esseri umani a questo mondo vive sulla soglia dell'inedia affinché una minuscola minoranza possa vivere nel lusso. Io credo che questa sia un'ingiustizia e ritengo mio dovere fare qualcosa per cambiare le cose. Da solo, nessun singolo individuo potrebbe fare niente di efficace, e la soluzione più ovvia è unirsi a tutti coloro che la vedono allo stesso modo. Questo significa diventare una parte attiva del movimento mondiale ispirato e guidato dall'Unione Sovietica» (p. 97). Ma tutto è inutile, poiché Harriet è refrattaria a queste considerazioni e si sente pienamente e tranquillamente membro della classe cui appartiene, perfettamente convinta della giustizia del privilegio borghese... Questa coppia non può che sgretolarsi con grande facilità – ed è nata peraltro su basi assai fragili, dentro una catena di menzogne.

A riprova della superficialità morale di Lightfoot, il borghese che si direbbe si sia fatto comunista più per vanità che per indignazione nei confronti delle ingiustizie su cui si basa il capitalismo, ecco questo brano (da p. 105): «Mentre danzava con Harriet, ammirandone il corpo sinuoso e flessibile, Desmond pensò a quanto fosse emozionante la sua vita. [...] immaginò, con un brivido di potere e piacere, l'orrore indicibile di tutti i presenti se avessero saputo». Insomma, non ci sono personaggi simpatici nel romanzo di Humphrey Slater, che si dimostra certamente uno scrittore anticomunista, ma che non sembra amar molto nemmeno il sistema capitalista. Ed è questo, sia chiaro, un pregio sia suo che del suo romanzo.

Del modo in cui Slater risolve la questione tra Desmond e Harriet in rapporto ai diktat del Kgb il lettore che è arrivato sin qui sa già. Ci sembra più interessante avanzare delle osservazioni su altri aspetti del romanzo. Per esempio, *Il cospiratore* si svolge nel 1946, quando la guerra è appena finita ma la guerra fredda è già cominciata. Un elemento di preciso interesse del romanzo di Slater, che in altri casi avrebbe potuto risultare fastidioso, è il fatto che noi lo si legga avendo ben presente questa data e godendo di conseguenza dei tanti particolari «datati» che il romanzo ci propone. I protagonisti vanno al cinema e cosa vedono? *Casablanca*. Vivono in una patria di vincitori, ma tuttavia per acquistar cibo ci sono ancora le tessere annonarie che stabiliscono quanto ogni cittadino possa comprare e consumare al giorno di pane o d'altro. Gli uomini politici di rilievo nazionale o internazionale hanno i nomi e cognomi di allora. E forse la durezza del dilemma che Desmond deve risolvere è più comprensibile e accettabile dentro quel contesto, quell'epoca.

Dell'opera di Slater non conosciamo i due racconti lunghi che compongono *The Heretics*, del 1948 – il primo sull'intolleranza religiosa (la persecuzione degli albigesi) e il secondo su quella politica (sullo sfondo della guerra di Spagna) – né tanto meno gli scritti politici e militari. Sarebbe senz'altro utile saperne di più, per collocare meglio la sua avventura umana e politica a confronto con tante altre, spesso ben più drammatiche, degli anni Trenta e Quaranta.

Finito di stampare nel mese di settembre 2010 presso
il Nuovo Istituto Italiano d'Arti Grafiche - Bergamo
Printed in Italy

ISBN 978-88-17-04424-0